ハーレクイン文庫

結婚という名の悲劇

サラ・モーガン

新井ひろみ 訳

HARLEQUIN
BUNKO

THE FORBIDDEN FERRARA

by Sarah Morgan

Published by Harlequin Japan, a Division of K.K. HarperCollins Japan, 2023

結婚という名の悲劇

◆主要登場人物

フィアメッタ・バラッキ……レストランのオーナーシェフ。愛称フィア。
ルカ・バラッキ……フィアの息子。
ジュゼッペ・バラッキ……フィアの祖父。
ジーナ……フィアのレストランのスタッフ。
ベン……フィアのレストランのスタッフ。
サント・フェラーラ……会社経営者。
クリスチアーノ・フェラーラ……サントの兄。
ローレル・フェラーラ……クリスチアーノの妻。
ダニエラ・フェラーラ……サントの姉。

1

会議室が静まり返った。誰もが呆気《あっけ》に取られている。

その反応を面白がりつつ、サント・フェラーラはゆったりと椅子に背を預けた。「ご賛同いただけることと思いますが、いかがでしょうか？　なかなか興味深いプロジェクトではありませんか？」

「気は確かか？」ようやく沈黙を破ったのは、会社の最高責任者でありサントの兄でもあるクリスチアーノだった。子どもが生まれてからは経営の第一線を退き、家庭生活に重きを置いている。「それは無理だ。確かに、あのホテルにスポーツ施設を増やせば、より若い客層にアピールできる。シチリア島の西海岸が、旅慣れた客に受けるだろうというのもわかる」クリスチアーノは言葉を切ると、鋭い視線をサントに据えた。「しかしそのプロジェクトの成否は、バラッキ家の土地を手に入れられるかどうかにかかっている。おまえがバラッキのじいさんに土地の買収をもちかけたりしてみろ、頭を吹き飛ばされるのが落ちだ」

役員たちは目を伏せたままだった。フェラーラ家とバラッキ家の確執を知らない者はシチリアにはいなかった。

「ぼくが対処すればいい問題だ」サントが淡々と言うと、クリスチアーノは大きく吐息をついて立ち上がった。つかつかと歩み寄った大きな窓の向こうには、きらめく地中海が広がっている。

「日常の業務をわたしから引き継いで以来、おまえは実によくやってくれている。わたしが思いつきもしなかったことをやってのけもした」彼は弟を振り返った。「そんなおまえでも、これだけは無理だ。三代にわたって続く軋轢《あつれき》を大きくするだけだ。このプロジェクトを進めるわけにはいかない」

「いや、〈フェラーラ・ビーチクラブ〉を、グループ内で最も人気あるホテルにしてみせる」

「できっこない」

サントはにやりと笑った。「賭けようか？」

クリスチアーノは笑わず、挑戦を受けて立つこともしなかった。「絶対に不可能だ」

「いいかげんにわだかまりを捨てたほうがいいんじゃないかな」

「わだかまりのひと言ですませられることとすませられないことがある」

サントは腹立ちを覚えた。同時に、もっとどす黒くて重苦しい感情も頭をもたげた。バラッキの名が挙がるといつもこうなる。理屈抜きの条件反射のようなものだった。「バラッキの孫の例の一件は、ぼくのせいじゃない。真相は兄さんだって知っているはずだ」

「真相だの理性だのはジュゼッペ・バラッキには通じない。あのじいさんは、感情と先入観だけで動いている。それもひどく根深い先入観だ。あの土地の買収はわたしも試みた。相当な好条件を提示した。しかし、家族が飢え死にしたってフェラーラに土地は売らんと言われたよ」

「つまり兄さんは、このプロジェクトのメリットは認めながら、バラッキ家との関係だけを根拠に反対しているわけだ。ぼくのことをどんな臆病者だと思っている?」

「そんなことは思っていない。ジュゼッペ・バラッキはおまえを恨んでいる。それでなくても、昔から短気で有名だった人物だ。癇癪《かんしゃく》を起こさずにおまえの話に耳を傾けると思うか?」

「短気なじいさんかもしれないが、経済的な先行きに不安を抱えてもいる」

「賭けてもいいが、どれほど先行きが不安でも、バラッキはフェラーラの金を受け取らない。実は、おふくろはあのホテルを手放してもいいと言っている。親父《おやじ》の出発点になったあのホテルがなくなるとおふくろが悲しむと思って営業を続けてきたが――」

「あのホテルは手放さない。方向転換するんだ。入江一帯をすべてうちの土地にして、マリンスポーツの施設をつくる。〈ビーチシャック〉も買収する。あの店は、うちのホテル内のレストラン全部を合わせてもかなわないほど客を集めているんだ。ビーチクラブの宿泊客が、食事と夕日のために〈ビーチシャック〉へ出かけていく」

「おまえが提案した壮大なるプロジェクトの第二の問題点がそれだ。〈ビーチシャック〉の経営者はフィアメッタ――フィアだ。バラッキの孫娘だぞ。おまえがあの土地を買いたがっていると聞いてフィアが喜ぶと思うか?」

サントにはわかっていた。フィアは全力で抗《あらが》うに決まっている。きっと、激しい言葉の応酬になる。張りつめた空気のなかで対峙《たいじ》する現在の二人。そこへ、過去が顔をのぞかせるだろう。

長年にわたる家同士の確執だけではない。二人には、二人だけの過去がある。誰も秘密を持たない家族の中で、サントにだけは秘密がある。決して日の目を見ないよう、心の奥深くに埋めた秘密が。

サントは眉間にしわを寄せて窓の外へ目をやったが、見えるのは海ではなかった。まぶたに浮かぶのは、長い脚と激しい気性の持ち主、フィアメッタ・バラッキだった。

クリスチアーノはまだこちらを見ている。「じいさん以上に彼女はおまえを憎んでいるかもしれない」

そうだろうか?

二人は言葉を交わさなかった。互いの服をはぎ取るときも、互いの体を求め合い、むさぼり合うあいだも、どちらも無言だったのだ。

彼女のほうも、過去を深く埋めたに違いない。それが正しいあり方だ。この先もずっと、そうでなければならない。

「おんぼろテーブルが二つ三つ並ぶだけだった〈ビーチシャック〉が、いまやシチリア一の有名店だ。うわさでは、彼女の料理の腕は相当なものらしい」

クリスチアーノがゆっくりとかぶりを振った。「わざわざもめごとを起こすことはない、サント」

サントは取り合わなかった。全身に広がる熱と、よみがえってしまった記憶にも、知らん顔をした。「いつまでも反目し合っていたって埒《らち》は明かない。いいかげん、前へ進まないと」

「無理だ」クリスチアーノの声がいっそう険しくなった。「ジュゼッペ・バラッキの孫息子は、車の運転を誤り立木に突っ込んで死んだ。おまえの車だぞ、サント。そういう事情がありながら、じいさんがおまえと握手をして土地を譲るとでも思っているのか？」

「ジュゼッペ・バラッキは商売人だ。これが双方に利益をもたらす取り引きだということぐらい、わかるはずだ」

「おまえは、いつそれを向こうに言う？　撃たれる前か、あとか？」

「ジュゼッペ・バラッキはぼくを撃ったりしない」

「確かに、その必要はないかもしれないな」クリスチアーノは苦々しげに笑った。「じいさんより先にフィアが撃ちかねない」

　それはあり得る。サントは内心で淡々とつぶやいた。おおいにあり得る。

「笛鯛《ふえだい》はこれでおしまいよ」フィアは焼き上がった魚を皿に盛りつけた。「ジーナ?」

「ジーナなら外ですよ。駐車場にランボルギーニが入ってきたんで、運転してる人の顔を見に行くって。ほら、彼女、玉《たま》の輿《こし》に乗るのが夢だから」ベンがいくつもの皿をいっぺんに持ち上げ、器用にバランスを取った。「おじいさんの具合はどうです?」

「疲れているみたい。本調子じゃないわね。いつもみたいに口うるさくないし」フィアはそう答えながら、混雑のピークを越えたら祖父の様子を見に行こうと決めた。「あなた一人で大丈夫なの?　ちゃんと仕事するようにジーナに言いなさいよ」

「シェフが言ってくださいよ。ぼくにはそんな勇気はありませんね」ちょうどそこへ駆け込んできたジーナを、ベンは巧みによけて言った。「おいおい、気をつけて。ちゃんと働かないなら、海に出て笛鯛を捕ってきてもらうよ」

「だって、信じられないことが起きたのよ」

　フィアは次の料理に取りかかりながら厳しい視線をベンに投げかけた。「早く持っていって。お客様に冷めた料理を出すなんて、とんでもないことよ」興奮に身を震わせているジーナには、しゃべりたいだけしゃべらせたほうが結局は効率的だろう。フィアは黙って帆立に調味料とオリーブオイルを振りかけ、フライパンに投入した。これだけ新鮮な素材だと、良質のオイルを加えるだけで本来の味を引き出せる。「うちの店へ有名人が来るのは珍しくないけど、あなたがそこまで興奮するのは初めて見たわ」フィアにしてみれば、どんなに有名でも客は客だった。彼らはここへ料理を食べに来る。こちらはおいしい料理を提供するだけだ。フィアは熟練の技で帆立をひっくり返すと、そこへ香草とケイパーを加えた。

ジーナがちらりと店のほうを振り返った。「初めて実物を見ましたけど、あそこまですてきな人だとは思っていませんでした」

「どこの誰だか知らないけど、予約がないなら、お断りするしかないわよ」フィアはフライパンを揺する手をやすめない。「今夜はもういっぱいなんだから」

「断るなんて、冗談じゃないですよ」ジーナはうっとりした声で言った。「サント・フェラーラですよ。本物です。来てくれればいいのにってずっと思いつづけていた人が、とうとうほんとに来てくれたんですよ」

フィアの息が止まった。

全身から力が抜けていく。毒物を注射されでもしたかのように、フィアは震えはじめた。取り落としたフライパンがレンジの上で大きな音をたてた。

「彼が来るはずないわ」ここへ来ようなんて、彼が思うわけがない。フィアは心の中でそうつぶやいて、自分を安心させようとした。だが、少しも心は落ち着かない。

サント・フェラーラがどう思うか、いつからわたしにわかるようになったの？

「え、どうしてですか？」ジーナが不思議そうな顔をした。「あの人がここへ来たって全然おかしくないと思いますけど。隣のホテルは彼の会社が経営しているんだし、シェフのお料理は大評判だし」

地元の出身ではないジーナは、フェラーラとバラッキの不和の歴史を知らない。〈フェラーラ・ビーチクラブ〉が、あのホテルグループの中で規模も重要度においても最下位ランクだということも。そんなホテルに、サントみずからが出向いてくる理由はないはずなのだ。

ぼんやりしていたフィアの肘がフライパンに触れた。熱さと痛みに、彼女はわれに返った。帆立をすっかり忘れていた自分に腹を立てつつ、慎重に料理を盛りつけ、皿をジーナに渡した。こんなときでも手は機械的に動く。「テラス席のカップルよ」指示する声がかすれる。「結婚記念日なんですって。半年前から予約を入れてくれてたの。二人にはとても大切な時間だから、くれぐれも粗相のないようにね」

ジーナが驚いたように見つめ返してくる。「いいんですか？」

「いいの！　たいした火傷《やけど》じゃないわ」食いしばった歯のあいだから言う。「水道の水でちょっと冷やせば――」

「肘のことじゃありませんよ。サント・フェラーラが来てるのに、シェフが出ていかなくていいのかと思って」ジーナの声が小さくなる。「どんなお客様も王族みたいに扱うシェフなのに、いざ本当の重要人物が来店したら無視するなんて。彼が誰だか、わかってるんですか？〈フェラーラ・リゾート〉のフェラーラですよ？ いろんな意味で五つ星だわ」

「よくわかっているわ」

「だけど、シェフ、そんな人が食事をしに来たっていうのに――」

「彼は食事をしに来たんじゃないわ」フェラーラがバラッキの料理を食べるわけがない。毒を盛られかねないのだから。だったら、目的は何なのかしら。見当もつかないのがもどかしい。わからないものを相手に闘うことはできない。そして、驚きと怒りが胸でうずまく状態では、闘えない。

わざわざレストランのいちばん忙しい時間帯を狙ってやってくるなんて。いったい、なぜ？

何かとても重大な理由があるに決まっている。

フィアはぞっとした。まさか、あれだろうか。そんな。あり得ない。

彼は知らないはず。

知りようがないはず。

ジーナが最後にもう一度、いぶかしげな視線をこちらへ送ってから厨房《ちゅうぼう》を出ていった。

フィアは肘の火傷を流水で冷やしながら、自分に言い聞かせた。きっとまた、和解の申し出だ。これまでにも、フェラーラ側がそういう話を持ってきたことがあった。そのたび、祖父はけんもほろろに撥《は》ねつけた。ただ、兄が死んでからは何のアプローチもなかった。

それが、いまになって……。

フィアは上の空で頭上のにんにくに手を伸ばした。これも、ほかの香草やハーブと一緒にフィア自身が畑で育てたものだった。畑仕事も料理と同じぐらい好きだった。土をいじっていると安らかな気持ちになれる。ここがわたしの居場所だと思える。家にいてもどこにいても、得られなかった感覚だ。フィアは愛用のナイフを構えると、にんにくを刻みはじめた。そして、考える。もしも状況が違っていたら、わたしはどう反応していたかしら。もしも、これほどの危機的状況でなかったら。

きっと、淡々としていただろう。事務的に対処していたはずだ。

「こんばんは《ボナセーラ》、フィア」

深みのある声が入り口から聞こえ、フィアは振り向いた。その瞬間、ナイフが調理器具から武器に変わった。おかしなことに、彼の声は覚えていなかった。でも、目は記憶にあるとおりだった。油断すればのみ込まれそうな、漆黒の瞳。知性の輝きを宿し、容赦なく目的を見据える瞳。熾烈《しれつ》なビジネス界を勝ち抜いてきた者の目。自分が何を求めているかを熟知し、果敢にそれを追いつめる男の瞳だ。あの瞳が、三年前にはフィアの目をのぞき込み、きらめいたのだ。その直後に二人は互いの衣服をむしり取り、激しい餓《う》えを癒し合った。

三年のあいだに肩幅はさらに広くなり、フィアの記憶にくっきりと刻まれている筋肉質の体は、いっそうたくましさを増していた。それ以外は、あのときのままの彼だった。フェラーラ家の人間が生まれながらにして備えている自信と品性が、愛車ランボルギーニの塗装に劣らない輝きを放ち、百八十五センチを超える長身は男の魅力を振りまいている。けれどもフィアの胸にきざしたのは、世の女たちがサント・フェラーラを見て抱く思いとはまったく別のものだった。普通の女性は、彼に対して激しい怒りなど抱かない。あの端整な顔を引っかき、厚い胸を力いっぱい叩《たた》きたいとは思わない。ありとあらゆる感情がわき上がってきて、フィアは途方に暮れた。そのせいで、いつもどおりの彼女ではいられなくなった。ふだんは、厨房へ誰が入ってきても愛想よく応対をする。どのレビューでも、この店のシェフのホスピタリティと、気取らない温かな雰囲気は高い評価を得ているのだ。それなのにいまのフィアは、相手に対してこんばんはと挨拶もできずにいた。どうしても挨拶する気になれなかった。

帰って。二度と会いたくないわ。そう言いたかった。彼こそは、わたしの人生における最大の過ちだった。

皮肉っぽい冷淡な光をたたえた彼の目を見れば、サントのほうもフィアのことを同様に思っているのは明らかだった。

「珍しいこともあるものね。フェラーラ兄弟は象牙の塔にこもりきりで、下々の人間とは交わらないんじゃなかったの？ ライバル店の偵察？」精いっぱいさりげない口調を心がけたが、不安はつのる一方だった。頭の中では疑問がこだましている。

彼は知っているのだろうか？

彼は突き止めたのだろうか？

サントの口もとに微笑が浮かんだ。そのわずかな動きに、フィアは目を奪われた。彼のすべてが官能的だった。女を翻弄するという明確な目的のために造形されたかのような肉体。うわさが本当ならば、そういう目に遭った女は数え切れないという。

フィアもあの日、言葉も交わさないうちに彼の手に落ちた。いま思い返しても、あのとき何が起きたのか、よくわからない。父の死を悼み、一人で悲しみに暮れていると、肩に彼の手が置かれた。そのあとの記憶はおぼろだ。あれは、慰めとか癒しといった類のものだったのだろうか？ けれど慰めや癒しには、優しい感情のやり取りが含まれるのが普通だろう。あの夜、そんなものはなかった。

いま、フィアを見つめるサントの表情から、彼の考えを読み取ることはできない。「ずいぶん評判になっているから、本当にそれほどうまいのかどうか、確かめに来たんだ」

彼は知らない。もし知っていたら、こんなふうに冗談を言ったりはしない。

「おいしいわよ。でも、あいにくあなたの好奇心を満たしてあげることはできないわ。今夜は予約で満席だから」言葉を続けるあいだも、フィアはめまぐるしく考えをめぐらせていた。本当の目的は、何？　ただ料理を食べに来ただけ？　いいえ、そんなはずはない。ライバル店の偵察なら、部下をよこせばすむ話だ。

「きみがその気になれば、ぼく一人の席ぐらいなんとでもなるはずだろう？」

「その気にならないの」ナイフを握る手に力がこもる。「フェラーラがバラッキの食卓に着こうと思うなんて、時代は変わったのね」

二人の視線が絡み合い、フィアの脈が速くなった。

黒々としたまつげの下から強いまなざしを投げかけられて、フィアは思い出した。食事どころか、自分たちは互いをむさぼり合ったのだ。あますところなく、相手を味わい尽くしたのだ。いまでもフィアは、彼の味を思い出せる。彼の体のたくましさを思い出せる。二人で耽《ふけ》った禁じられたよろこびを、忘れたことはなかった。

封印していた記憶が解き放たれた瞬間、手のひらが汗ばみ、膝から力が抜けて、フィアは息ができなくなった。

サントが微笑した。

好意的な笑みではない。追いつめた獲物の降伏を確信した勝者の笑いだった。「ぼくのレストランにはいつでも食べに来てくれていいんだよ、フィア」

「わたしのレストランでは無理ね」フィアははっきりと言った。「あなたの席は用意できないわ」早く彼を追い返さなければ。ここにいられればいられるほど、危険は大きくなる。「隣に自分のホテルがあるんだから、そっちで食べればいいでしょう。料理も眺めも、うちほどじゃないでしょうけど」

「おじいさんと話がしたいんだ。どこにいるか教えてほしい」

では、それが目的だったのね。無駄に終わるとわかっている交渉を、またしても試みようというのかしら。それにしても、いまが夜でよかった。なんとしても、彼が昼間に出直してくるような事態は避けなければならない。「自殺願望でもあるの？　祖父があなたのことをどう思っているか、よくわかっているでしょうに」

こちらを見つめる彼の目の表情ははっきりしない。「きみがぼくをどう思っているか、おじいさんは知っているのか？」

遠まわしにあの夜のことを持ち出されて、フィアは驚いた。彼はわたしを脅しているのだろうか？　あのことを祖父に話すつもり？

祖父との交渉が目的だとわかってほっとしたのも束《つか》の間《ま》、フィアはふたたび疑念にとらわれた。あの夜から、彼は目論《もくろ》んでいたのかしら？　ああしておけば、先々、バラッキを意のままに操れると？「祖父はもう年だし、体調がよくないの。仕事の話なら、わたしにしてちょうだい。この店の経営者はわたしなんだから」

「だが、土地はおじいさんのものだ」優しげに語りかけられるほうが、罵声を浴びせられるよりも厄介だった。感情をあらわにしない彼の態度が、不安をかき立てる。フィアは彼に関する報道を思い出した——サント・フェラーラは、世界的企業の経営という大役を、兄に代わって十二分に果たしているという。ふいにフィアは、自分の浅はかさに気づいた。ビーチクラブのようなぱっとしないホテルに、トップたるサントが関心を示すはずがないと思ったのは間違いだった。ぱっとしないからこそ、彼はビーチクラブに関心を示したのだ。手を広げようと考えたのだ。そして、そのためには……。

「うちの土地が欲しいのね？」

「かつてはうちのものだった。それを、数多《あまた》いた不埒なバラッキの一人が、ぼくの曾祖父からだまし取った。そいつと違ってぼくは、正式な商談を持ちかけようとしているんだ。十分な金を払う。わが一族の手を離れるべきではなかった土地を返してもらうためにね」

やはり、お金だ。フェラーラ一族は、すべてが金であがなえると思っている。

だからこそ、恐ろしいのだ。

フィアはおののいた。サントがこの地でビジネスを展開するとなれば、危険が常につきまとうことになる。

「祖父があなたに土地を売ることは金輪際ないんだから、時間の無駄よ。ニューヨークかローマか、いまあなたがどこに住んでいるのか知らないけど、さっさと帰って別の仕事に取りかかったほうが賢明ね」

「あいにく、ぼくはここに住んでいるんだ。それに、このプロジェクトには個人的な思い入れがある」

フィアにとっては最悪の展開だった。「祖父は本当に具合が悪いのよ。刺激したくないわ」

「あれほど意気盛んな人だ。孫に守ってもらう必要はないんじゃないか？」にこやかな仮面の表面がうっすらとはがれ、口調が変わった。彼は真剣だった。「きみがうちの客を横取りしていることを、おじいさんはご存じなのか？」

「〝横取り〟というのが、お客様に最高の眺望と料理を提供することを指すのなら、非難は甘んじて受けるわ」

「その〝最高の眺望〟のことで今日は来たんだ」

やはり彼の目的はビジネスだった。二人でわかち合ったあの夜は、関係なかった。その後のフィアが気がかりだったとか、そういった個人的な理由でやってきたのではなかった。

フィアはほっとしたが、サントの無神経さにあきれもした。いろいろな事情があったにしろ、人一人の命が失われたのは事実だ。しかし、その程度の出来事は、フェラーラ帝国の拡大を阻むものではないらしい。「この話はこれでおしまい。仕事に戻らないとならないの。料理の途中だから」

だがもちろん、サントはおとなしく引き下がりはしなかった。フェラーラはフェラーラの意思でしか動かないのだ。

フィアをまっすぐ見つめたまま、サントはしなやかな体をドアの枠に預けた。「ずっとナイフを離さないのは、ぼくが怖いから？」

「怖くなんかないわ。仕事中だからよ」

「ぼくがその気になれば、ナイフを捨てさせるのに五秒もかからない」

「それより早くあなたをずたずたにするわ」

「人をこんなふうに迎える店によく客が集まるね。温かいもてなしとは言いがたいじゃないか？」濃いまつげのせいで瞳がいっそう輝いて見える。それとも、あの輝きは二人で一緒に生み出したものだろうか。たったひとつ素材を加えただけで、味わいががらりと変わるのをフィアは知っている。この場合、その素材は禁断の香りだ。二人は、許されない秘密を共有している。

「あなたはお客様じゃないわ」

「食事をさせてくれれば、ぼくも客になる。料理をつくってくれよ」

フィアの手が震えた。

あのあと彼は振り返りもせずに立ち去った。それはかまわない。行きずりのセックスをした、ただそれだけの仲だったのだから。フィアの夢の中では彼はもっとずっと大きな存在だったが、それは現実の彼には関係ない。でも、のこのこと現れて、自分のために料理をしろと命じるなんて。まるで、彼との再会をわたしが喜んでいるみたいに……。

フィアは息苦しいほどの怒りを覚えた。「あいにくだけど、そんなに暇じゃないの。帰ってもらえるかしら、サント。ジーナが予約担当なんだけど、満席だって言ってたわ、今日も明日も。あなたがうちの店で食べたいと思う日は、いつも」

「ジーナって、かわいらしい感じのブロンド？　さっき見かけた女性かな」

ライオンがインパラを見落とすわけがないように、サント・フェラーラが胸の大きなブロンド女性に目を留めないわけはなかった。それは驚くには当たらない。フィアが驚いたのは、自分の心がちくりと痛んだからだった。この男性がどんな女性に惹《ひ》かれるか、わたしは気にかけていたのだろうか。誰かのことを気にかけたら苦しくなるだけだと、幼いころから身にしみて知っていたはずなのに。

〝シチリアの男を愛しちゃだめよ〟二度と戻らなかった母が、家を出るとき八歳の娘に投げかけた最後の言葉がそれだった。

自分が抱いた感情が恐ろしくて、フィアはくるりと向きを変えると、にんにくを刻んだ。けれど、素人なみの不揃《ふぞろ》いな切り方しかできなかった。

「手が震えているときにナイフを扱うのは危ない」ふいに真後ろで声がした。フィアの胸の鼓動が速くなった。触れられたわけでもないのに、彼の体温とたくましい体の感触がはっきりとわかった。それに対する自分自身の反応も。フィアは叫び声をあげそうになった。こんなの、どうかしている。毒だとわかっている食べ物を前に、涎《よだれ》を垂らしているようなものではないか。

「震えてなんかいないわ」

「そうか？」日に焼けた力強い手が、フィアの手を覆った。あの夜の記憶が鮮やかによみがえる。燃えるような唇。巧みな指使い。「思い出すかい？」

何をと尋ねる必要はなかった。

思い出すか？　ああ、この人にはわかるまい。あの夜の記憶を追い払おうと、わたしがどれほど努力したか。でも、だめだった。淫靡《いんび》な心の傷跡は、どうしても消えてくれない。

「手を離して。早く」

彼の手にいちだんと力が込められた。「十時に閉店してからでいい。話がある」

命令口調が腹立たしい。「閉店後もわたしの仕事は何時間も続くのよ。それが終わったらベッドに直行だわ」

「あの子犬みたいな目をした若造と？　無難な路線に変更したのか、フィア？」

あまりの言葉に思わず振り向くと、彼との距離がますます縮まった。筋肉の締まった腿に軽く肌が触れただけで、彼女の体は反応した。「わたしが誰とベッドへ行こうと、あなたにとやかく言われる筋合いはないわ」

二人の視線がぶつかった。他人には決して明かせない事実を、密《ひそ》かに認識し合った瞬間だった。

フィアは、魅せられたようにサントの瞳をじっと見た。邪悪な光を濃くしていく瞳を。長い眠りについていた感覚が、フィア自身の意に反して徐々に目を覚ましつつあった。

ジーナが現れなければ、次に何が起きていたことだろう。

フィアは彼女を見た。逃げてと叫びたかったが、もう遅かった。おしまいだった。邪魔者は誰だとばかりに、サントが端整な顔をしかめてそちらを振り向いてしまったのだから。

「怖い夢を見たのよ――」ジーナは言い、腕の中で泣きじゃくる幼子の頭を撫《な》でた。「だから、ママのところへ来たのよね。ママのお仕事もそろそろおしまいだから」

フィアは立ちつくした。常に冷静なフェラーラ家の人間が激しい衝撃を受けるさまを、別の状況なら面白がれたかもしれない。しかし大きな危険が迫るいまは、感情のめまぐるしい変化を見せるサントの前で、息をつめているしかなかった。

振り向いたときには苛立《いらだ》たしげだった彼の顔は、しゃくり上げる幼児が小さな腕をフィアのほうへ伸ばすのを見ると、いぶかしげな表情に変わった。

フィアはもちろん子どもを抱き取った。この子の幸せはいつだって何よりも大事だ。

すると、二つのことが起きた。

フィアの息子は、背の高いどこかの男性を不思議そうに見つめ、すぐに泣きやんだ。背の高い男性は、自分とそっくりな黒い瞳を見て、真っ青になった。

2

「なんてことだ」サントはかすれた声でつぶやいた。後ずさりした体が、積み上げられていた鍋にぶつかって山を崩した。その音に驚いたのか、子どもがびくりとして母親の首筋に顔をうずめた。サントは懸命に落ち着こうとした。

母の腕の中という安全地帯から、子どもが怖いもの見たさで視線を向けてくる。

きっと母親のほうも、安全な場所があれば隠れたいだろう。しかし、もう逃げ隠れはできない。秘密は白日のもとにさらされてしまったのだ。

問いただす必要すらない。

子どもをひと目見ただけでわかったが、それでなくてもフィアの怯《おび》えた目がすべてを物語っている。

サントがここへ来たのは、土地を買収するための交渉が目的だった。まさかこんな衝撃が待ち受けていようとは、予想だにしなかった。

最初からフィアは、一刻も早くサントを追い払おうとしていた。いまはその理由がわかる。二人の過去が原因だろうとにらんでいたが、そのとおりだった。ただし、別の意味においてだが。

なじみのない感情がわいてきて、サントは戸惑うばかりだった。欺かれていたことへの単なる憤りではない。守りたいという本能のようなものが突き上げてくる。

ぼくの息子。

だが感動すると同時に、こんなのは間違っているとも思った。

いつかは自分も恋愛をして結婚し、子どもを持つのだろうと、昔から漠然と考えていた。ぼくは保守的な男なのだ。幸せな家庭生活を送る兄や姉を見ては、自分にも同じ人生が待っていると信じて疑わなかった。

しかし、知らないうちにすべてが終わっていた。わが子の誕生の瞬間、初めて歩いた瞬間、初めてしゃべった瞬間……。

苦しくてたまらなくなり、サントは低いうめきをもらした。

子どもが怯えたように目を見開いた。あるいは、母親の動揺を感じ取ったのかもしれない。いずれにしても、大泣きの前触れだ。姪《めい》たちを見てきたサントには、それがわかった。

彼はもう一度、意志の力で感情を抑え込んだ。「夜更かしはだめだぞ、坊や。早くベッドに入らないと」適度な優しさを込めて言った。息子を彼女からさっと奪ってランボルギーニに乗せ、いますぐ連れて帰りたい。その衝動をこらえるのは骨が折れた。

彼の言葉を皮肉と受け取ったのか、フィアが身を硬くした。「寝てたんだけど、夢にうなされたのよ。よくあるの」

わが子が悪夢を見ると聞かされて、サントの心はますます穏やかではなくなった。悪夢の原因は何だ？　この家庭が家庭としてまともに機能していないからだ。サントの怒りは、不安に変わった。

「ジーナ——ジーナだったね？」彼が振り返ってほほ笑みかけると、ウェイトレスは顔を輝かせた。

「はい、シニョール・フェラーラ」

「ちょっとフィアと大事な話をしたいんだ」

「だめよ！」フィアは叫ぶように言った。「いまは無理だわ。見ればわかるでしょう？」

「あら、大丈夫ですよ」ジーナは勢い込んで言い、サントに満足げなまなざしを送られると頬を染めた。「わたしが見てますから。ベビーシッターですもの」

「ベビーシッター？」他人にわが子の面倒を見させる習慣は、フェラーラ家にはなかった。

「きみがこの子の面倒を見ているのか？」まだ、〝ぼくの息子〟という言葉はすんなり口にできない。

「みんなで見ているんです」ジーナが朗らかに答える。「ミーアキャットの群れみたいに、大人全員で子どもを育てているんです。ただし子どもは一人だけだから、彼、ずいぶん甘えん坊になっちゃって。でも、ママに抱っこしてもらったから、もう平気。ベッドへ連れていけば、すぐまたおねむになるに決まってます。ほら、いらっしゃい」幼子に優しく声をかけて腕を伸ばしたジーナに、フィアはしぶしぶ彼を託した。

「まだお客様がいるのに――」

「あとは二番テーブルのお客様のお勘定だけです。ベンがちゃんとやってますから。シェフは安心してお話ししてください」張りつめた空気に気づかないまま、最後にもう一度うっとりとサントを見つめてから、ジーナは出ていった。

沈黙が流れた。

燃え立つような髪に縁取られたフィアの顔は青白く、目の下には隈《くま》ができている。

言葉は、サントの持つ最強の武器だった。不可能と言われた契約をまとめられたのも、困難な局面を打開できたのも、言葉の力によるところが大きかった。ところが、これまで最もその力が必要ないま、言葉が出てこない。かろうじて言えたのは、ひと言だけだった。

「聞かせてもらおうか」

感情の高ぶりとは裏腹に、いや、高ぶっているからこそか、その口調は穏やかだった。

それなのに、フィアはぎくりとした。

「何を?」

「本当のことを。嘘《うそ》をついても無駄だ。一目瞭然なんだから」

「だったら、なぜきくの？」

どちらも、何をしゃべればいいのかわからなかった。これまで互いに言葉を交わしたことは一度もないのだ。嵐に翻弄されたかのようなあの夜でさえ、どちらも無言だった。音はあった。服の裂ける音、肉と肉がこすれ合う音、荒い息――だが、言葉はなかった。まともな言葉は、どちらの口からも発せられなかった。男女のことにかけては人後に落ちない自信を持つサントだが、あの夜いったい何が起きたのか、いまだに正確にはわからずにいた。

禁断の匂いが媚薬《びやく》になったのだろうか？　互いの家が三世代前から敵同士であるという事実に衝動を煽《あお》られて、闇の中の二匹の獣のようにふるまってしまったのか？

いずれにしても、突然、強烈な熱が二人の体を貫いたのだった。理性も良識も灰になった。いずれ代償を払うことになると、なぜあのときわからなかったんだ？　三年ものあいだわが子の存在を知らずに過ごしたのは、代償以外の何ものでもないではないか。

「なぜ黙っていた？」つい荒々しい口調になる。フィアの呼吸が明らかに浅くなった。

「頭の切れる人物だともっぱらのうわさだけど、いまのは愚問ね」

「家同士がどんな関係であれ、こんな大事なことを隠しておかれるいわれはないはずだ」

サントは大きく手を動かし、大事な人が出ていったドアを示した。あと少しだけだ、と心の中で誓う。あと少しで、あの子の姿がぼくの前から消えることは二度となくなる。わからないことだらけだが、それだけは確かだ。「知らせてほしかった」

「何のために？　わたしたちが生まれたときからさらされてきた家同士の争いに、あの子を巻き込みたいの？　あの子を人質にでもするつもり？　わたしはそういうのがいやだから、あの子を守ってきたのよ」

「きみだけの子じゃない――ぼくの子でもある。きみとぼくとでつくった子だ」

「たまたまできた子よ。あの晩はあなたもわたしも――」

「きみもぼくも？」

フィアの視線は揺るがなかった。「どうかしていたわ。普通じゃなかった。絶対に犯してはいけない過ちを犯してしまった。この話はしたくないわ」

「それでも話してもらう。三年前、妊娠に気づいた時点で話してくれるべきだったんだ」

「話せるわけないでしょう！」フィアはいきりたった。「幸せな恋人同士に思いがけず子どもができたなんていうのとはわけが違うのよ。事情ははるかに複雑だわ」

「子どもの父親たる男に知らせるか知らせないかだ。それを決めるのに複雑も何もあるものか。いったいどうして――」事態の重大さに圧倒される思いだった。サントは長い息を吐き、のろのろと首筋をさすった。落ち着きを取り戻そうとしても、そんなものはどこにも見あたらなかった。「まだ現実のことと思えない。考える時間が必要だ」腹立ち紛れに何かを決めてもろくなことにならないのはわかっている。ここで間違った決断を下すわけにはいかない。

「考える必要なんてないわよ」

サントはあの夜を思い起こした。よきものと悪《あ》しきものがわかちがたく絡み合ったその記憶を、これまでは封じ込めてきた。細かいことは思い出せない。あれほど獣じみた猛々《たけだけ》しい欲望に突き動かされたのは、あとにも先にもあのときだけだった。

そもそも、フィアが泣いていたのだ。

その肩にサントが手を置いた。

きっかけは、たったそれだけのことだった。

ほんの小さな火花が、燃えさかる炎になった。

彼女の兄の死を告げる電話によって炎はかき消され、以後、家と家の反目はますます強まった。

入り口に若いウェイターが現れてフィアに言った。「大丈夫ですか？　ルカが起きてきてましたね。まあ、それはいいんですけど。おれ、あの子を抱っこするの大好きだから。だけど、なんだか大きな声が聞こえたんで」彼はいぶかしげな視線をサントに向けた。サントは、その十倍も険しい目つきでにらみ返した。自分の息子を、自分以外の人間が寄ってたかって抱いているのだと思うと、ますます腹が立った。原始的な縄張り意識のような感情が、サントの全身を貫いた。

そうか、息子の名前はルカというのか。

それをこんなやつから知らされるとは。

こいつはフィアの何なんだ？

「内輪の話だ。出ていってくれ」

「わたしは大丈夫だから、ベン。行って」

ベンは動こうとしなかった。「大丈夫だっておれが自分で確信するまでは、行きませんよ」まるで、ロットワイラーに挑むスパニエルだった。サントはその勇気を褒めてやりたいところだったが、それはできなかった。彼の息子の母親であるフィアを、飼い主にへつらう子犬のまなざしで見つめる男なのだから。

「もう一度だけチャンスをやろう。出ていってくれ。それでも出ていかないというのなら、こっちにも考えがある」

「行って、ベン！　これ以上この人を怒らせないで」

ベンは胡散《うさん》臭そうにサントを一瞥《いちべつ》してから、黙って出ていった。

緊張をはらんだ重い空気が二人を包んだ。サントの頭の中で疑問が渦を巻く。

いままで怪しまれなかったのか？　子どもの父親の素性を詮索されたことはなかったのだろうか？　そんな大事なことを、フィアはどうやって隠しつづけられたんだ？

「妊娠したとわかっていながら、ぼくとのかかわりを絶ったのか」

「あなたとのかかわりなんか最初からなかったわ」

「一緒に子どもをつくったじゃないか」サントの奥深いところから、うめきにも似た声が出た。フィアが怯《ひる》むのがわかった。

「少し冷静になって。たった十分のあいだにあなた、何をした？　わたしの子を怯えさせ、ベビーシッターに色目を使い、わたしの大事な友人に失礼なことを言ったのよ」

「この状況をつくったのはきみだ。これはいったい何なんだ？　じいさんが考えた復讐《ふくしゆう》か？　跡継ぎを隠すことでフェラーラに罰を与えようって？」

「違うわ！」フィアは胸を大きく上下させて喘《あえ》いだ。「祖父はルカをとてもかわいがっているわ」

サントは疑わしげに眉を上げた。「半分はフェラーラの血が流れている子を？　歳月がジュゼッペ・バラッキを丸くしたなんて言わないでくれよ。そんなことはあり得ない」フィアの目に表れたものを見て、サントは口をつぐんだ。「なんてことだ。ふいに、思いあたったのだ。みぞおちにさらなる一撃を受けたような気がした。「じいさんは知らないんだな？」そうとしか考えられない。そして、そのとおりであることはフィアの目を見れば明らかだった。

「サント――」

「答えるんだ」われながらぞっとする声だった。フィアが後ずさりする。「じいさんは知らないのか？　ぼくとのことを話していないのか？」

「話せるわけないでしょう？」あきらめの口調だったが、そこには、重い荷物を長く背負ってきたことを思わせる深い疲労がにじんでいた。「祖父は、あなたの家にまつわるすべてを憎んでいるのよ。地球上の誰よりもあなたが嫌いなのよ。あなたがフェラーラの一員だからってだけじゃなくて――」フィアが言いよどんだのを、サントはそのままにしておいた。彼女の兄のことは、いまは別問題だ。話をそらしたくなかった。

フェラーラとバラッキの血を半分ずつ受け継いだ子ども。

悲劇の夜につくられた子ども。

あの老人は、それを知らない。

しかし、なぜわからないのだ？　自分はひと目で見抜いたというのに。

フィアが蒼白《そうはく》な顔をしてこちらを見つめている。彼女がひた隠しにしつづけてきた真実の重大さを思うと、サントは目眩《めまい》がしそうだった。毎朝、目覚めるたびに彼女は怯えただろう。今日こそ発覚するのではないか、今日こそフェラーラが子どもを奪いに来るのではないか、と。

「子どもが大きくなったら、父親のことをどう教えるつもりだったんだ？　いや、答えなくていい。答えは聞きたくない」人生がおとぎばなしのようにいかないのはサントにも十分わかっている。だが、家族の尊さは彼にとって絶対的なものだった。家族という船に乗れば嵐の海へも漕《こ》ぎ出せる。流されかければ家族という錨《いかり》が食い止めてくれる。帆が家族という風をはらむからこそ、前進できる。両親の幸せな結婚の結果としてサントが誕生した。兄にも姉にも、愛する家族ができた。サントもあとに続くはずだった。自分の子どもの父親である権利を得るのに苦労しなければならないなど、考えもしなかった。自分の子どもがバラッキのような家庭で育てられるなど、夢にも思わなかった。冗談じゃない。想像しただけで気が遠くなる悪夢だ。

荒い息でフィアが言った。「お願い、約束して。このことはわたしに任せてほしいの。祖父はもう年よ。ずいぶん弱っているの」彼女の声は震えていたが、サントは同情する気になれなかった。ひたすら腹立たしく、不愉快だった。

「三年間、きみに任せてきた。今度はぼくの番だ。息子がきみの家で育つことをぼくが許すと思うか？　バラッキの人間には、家族という概念がないんだ」サントは頭をかきむしった。「あの子がどんな目に遭ってきたか想像すると――」

「ルカは幸せに暮らしているわ」

「ぼくはきみの子ども時代を知っている。家族とはどういうものか、きみにわかるはずがない」

「ルカの暮らしはわたしの幼いころとは違うわ。わたしが育った家を知ってるのなら、自分の子をあんなふうに育てたくないと思うわたしの気持ちもわかるはずよ。あなたが心配するのも無理はないけど、でも、違うの。わたしは家族のあるべき姿を知っている。ずっと昔から知っていたのよ」

「どうやって知ったというんだ？　知りようがないじゃないか」フィアが育った家庭は崩壊していた。バラッキ家は隣人ともめごとを起こすだけでなく、家族同士でしょっちゅういがみ合っていた。家庭が嵐の海を行くための船だとすれば、フィアの船は最初から座礁していた。

　二人が初めて顔を合わせたとき、フィアは八歳で、ビーチのはずれに身を潜めていた。本当ならバラッキが足を踏み入れるはずのない、フェラーラの所有地の一画だった。そこに立つ古い船小屋にフィアは入り込み、板きれと油の匂いの中でうずくまっていた。十四歳だったサントは、ぼさぼさ頭の侵入者を見つけて途方に暮れた。捕まえるべきか？　人質に取って身の代金でも要求するか？　結局はどちらも実行しなかったし、こちらの存在を知らせることもしなかった。

　彼女の大胆さに気圧《けお》されもしたし、とるべき行動をとらないという自身の判断に酔ってもいた。サントは、彼女自身が立ち去る気になるまで、そのまま隠れさせておくことにしたのだ。

　それからしばらくしてわかったのだが、フィアが船小屋で夜を明かしたあの日、彼女の母親が家を出たのだった。粗暴なシチリア人の夫のもとに、彼が望んでいなかった子どもたちを残して。そんなときに彼女が泣いていなかったことに、サントは驚いた。何年も経《た》ってから気づいたが、フィアは決して泣かない女性だ。あらゆる感情を胸の内に閉じこめて、嬉《うれ》しいことや快適なことをいっさい期待しない。自分の家にそんなものが存在しないことを、早いうちに学んだからだろう。

サントは唇を引き結んだ。

「今度はぼくが決める」どれほど懇願の目で見つめられても、自分が正しいと思う選択を変えるつもりはなかった。「準備ができしだい連絡する。言っておくが、逃げようなんて考えは起こさないことだ。この地球上のどこへぼくの息子を連れていこうと、必ず見つけ出す」

「わたしの子でもあるわ」

サントは苦笑いを浮かべた。「おそらく、双方の家に初めてできた共通点だ。方針が決まったら知らせるよ」

ランボルギーニの爆音が夜のしじまを破ると同時に、フィアはバスルームへ駆け込んで激しく嘔吐《おうと》した。動揺したためか不安のためか、あるいはその両方か、体の震えが止まらなかった。自分にそんな弱さがあるのがいやだった。しばらくしてフィアは床に座り目を閉じた。計画を練ろうとしたが、思いつくのはサントに一蹴されそうな方法ばかりだった。

彼は彼のやり方を押し通すに決まっている。フィアが育った環境への軽蔑が、彼を駆り立てることだろう。無理はないと思う部分も、フィアの中にはあった。母親になったいま、子どもを守りたい親の気持ちはよくわかる。

フィアは膝を抱えて縮こまった。

ルカには自分の子ども時代のような日々を送らせないようにしていると、一生懸命伝えようとしてもサントは信じなかった。バラッキ家から息子を救い出すことが、サントにとって最も重要な課題になった。彼はきっと手加減しない。譲歩も妥協もしないだろう。

いまは優しさと穏やかさに包まれて育っているルカが、大人たちの諍《いさか》いのただ中に放り込まれる。感情の綱引きの綱にされてしまう。

三年前、フィアがあえていばらの道を選んだのは、それを避けたいがためだったのだ。息子をそんな目に遭わせたくないからこそ、嘘や不安や重圧とともに生きてきたのだ。

「ママ、びょうき？」お気に入りの熊のぬいぐるみを抱えたルカがそこにいた。明るい照明に浮かぶ息子の顔にサントの顔が重なり、フィアの息が一瞬止まった。二人のあいだにできた子どもは、父親の印象的な目としなやかな黒い髪を、そっくりそのまま受け継いでいた。唇の形もよく似ている。それに、きかん気の強さも。

現実的に考えれば、真実が明るみに出るのは時間の問題だったのだ。

「大好きよ」とっさにフィアは息子を抱き寄せ、頭に唇をつけた。「ママはずっとあなたのそばにいるからね。ジーナもベンも。みんな、あなたのことが大好きよ。絶対あなたに寂しい思いはさせないわ」力を込めてルカを抱きしめる。フィア自身がこんなふうに抱きしめられたことはなかった。ルカにキスをする。フィア自身がこんなふうにキスされたこ

とはなかった。サントが、ルカの育てられ方を案じるのは当然かもしれない。決して自分と同じ目に遭わせまいと、フィアがどれほど努力してきたか、彼は知らないのだから。

ルカが嬉しそうに母の胸にしがみついてくる。フィアの目に涙が込み上げた。

あの母は、この強い絆《きずな》を感じなかったのだろうか？　わたしは何があってもこの子から離れはしない。どれほど大金を積まれようと、どんなに強い力を見せつけられようと、絶対に離れない。

サントに息子を渡すなんて、とんでもない。

自分たちが崖っぷちに立たされているのも知らずに、ルカは無邪気に身をよじってフィアの胸から離れた。

「ねんねする」

「それがいいわ」フィアは涙声で言うと、ルカを抱きあげてベッドへ運んだ。何が起きようと、この子の幸せはわたしが守る。絶対に、この子につらい思いはさせない。

「おじちゃん、またくる？」

フィアはぎくりとした。「ええ、また来るわ」来るに決まっている。きっと、弁護士を連れて。事態は動き出したのだ。もう止められない。狙いをつけたものに向かってフェラーラが動き出したら、止められない。

サント・フェラーラは、自分の息子に狙いをつけたのだ。

ベッドに腰かけてルカが寝つくのを見守るあいだも、いとおしさが胸にあふれた。その気持ちの強さゆえに、フィアにはサントの気持ちが容易に理解できた。頭をもたげようとする罪悪感を、彼女は懸命に抑え込んだ。

黒々としたまつげと挑発的な唇のイメージを頭から追い払いつつ、ルカが眠りにつくまでフィアはそばにいた。それから厨房《ちゅうぼう》へ戻り、掃除に取りかかった。スタッフを帰したあとだったから一人きりでの作業だったが、無心に手を動かすうちに気持ちは静まっていった。いつしか厨房は隅々までぴかぴかになり、フィアの額には汗が噴き出し、何も考えられないぐらい体は疲れ果てていた。フィアは冷蔵庫から取り出したビールを持って、店から続く小さな桟橋へと出ていった。

釣り用のボートが、暗がりで静かに船体を弾ませ出番を待っている。

いつもならくつろぎの時間になるはずなのに、今夜は違った。

フィアは靴を脱いで桟橋に腰を下ろし、冷たい水に足をつけた。視線が、入り江の向こう側にそびえる〈フェラーラ・ビーチクラブ〉の明かりに吸い寄せられる。今夜の客の八割方はあのホテルの宿泊客だった。数カ月先まで入っている予約のほとんどは、あそこに泊まる人たちからのものだ。フィアはボトルのキャップをひねってビールに口をつけた。

遅ればせながらフィアは気づいた。店が繁盛するようになったために、サントの注意を引きつけてしまったのだ。うかつだった。家族のために、息子を守るために、懸命に仕事に打ち込んできたのに、それが仇《あだ》になるなんて。

「フィアメッタ！」

大声で祖父に呼ばれて、フィアは急いで立ち上がった。祖父の曾祖父の時代から一家が暮らしてきた石造りの家へ向かう途中、またしても吐き気が込み上げてきた。「今夜は夜更かしなのね、おじいちゃん《ノンノ》」精いっぱいさりげなく言う。「気分はどう《コメスタイ》？」

「孫娘が身を粉にして働くのを見せられるじじいの気分は、まあこんなもんだろう」祖父は、フィアが持っているビールを見て顔をしかめた。「女が酒を飲むのも、男は見たくないもんだ」

「だったら、わたしは男の人と縁がなくて幸いだったわね」フィアは言い返しながら、憎まれ口を叩《たた》く元気が祖父にあることにほっとしていた。いつもの二人のやりとりだった。これがバラッキ流の愛情表現だ。祖父の言動はぶっきらぼうだが、だからといって情が薄いわけではない。祖父の愛を感じることはしょっちゅうある。「いつもならもう寝てる時間なのに。どうしたの？」

「ルカが泣いていたからな」

「怖い夢を見たみたい。抱っこしてほしかったのよ」

「泣かせておけばいいんだ。そうやって甘やかすとろくな男にならんぞ」

「ルカはすてきな男性になるわ。最高の男性にね」

「あの子は常に誰かに抱かれているかキスされているかだ」

「子どもにはね、どれだけ愛情を注いでも注ぎすぎることはないのよ」

「わしは息子をそんなふうには育てなかったぞ」

確かに。そして、その結果は？「もう寝たほうがいいわ、おじいちゃん」

「〝ときどき、お客様が来ればお料理を出すだけだから〟とおまえは言った」祖父は海へ向かって歩きだした。「それがどうだ。気がつけばうちの庭が有象無象に占領されている。味なんかわかりもしないそいつらのために、おまえは蝋燭《ろうそく》なんぞ灯《とも》してうまいシチリア料理を出してやる」

「みんな遠いところからわざわざ食べに来るのよ。わたしはなかなか有能な経営者ってわけ」

「女だてらに」祖父は、水辺に近いお気に入りの椅子に腰を下ろした。

「わたし自身が生活していくため、それに子どもの将来のためよ」その生活はいまやひっくり返り、将来はおびやかされている。このまま話を続けていると、本当の気持ちを暴露してしまいそうだった。「飲み物を持ってきてあげる。グラッパでいい？」

サントのことをうち明けなければ。でも、どうやって？　あなたの大切なひ孫の父親は、あなたがこの世で最も憎んでいる男です、などとどうして告げることができる？

厨房へ戻ったフィアは、グラッパのボトルとグラスを手に取った。祖父がフェラーラの名を口にしなくなってずいぶん経つ。ルカのためにと、フィアが祖父に頼んだからだ。好ましい話の中でならかまわないけれど、そうでないなら、フェラーラという名前を出さないでほしい、と。

最初のころは、自分の頼みを祖父がきちんと受け止めてくれたのだと感謝していた。でも、もしかすると、長い時を経たいまでは、実際に祖父の憎しみが和らいだということは考えられないだろうか。

どうか、どうか、そうであってほしい。

フィアは祖父の前のテーブルにグラスを置いて、グラッパを注《つ》いだ。「それで、何がいけないの？」

「毎晩子どもを他人に預けて母親が遅くまで働くこと以外に、という意味か？」

「いろんな人と接するのはルカのためになるのよ。ジーナはあの子を本当にかわいがってくれてるし」息子にとって望ましい家庭がなかったから、それをフィアがつくったのだ。自分が味わったような寂しさは、わが子には絶対に味わわせたくなかった。信頼できる大人たちに囲まれて育ってほしかった。彼がつらいときには抱きしめてくれる人たちに。

「かわいがる、か」祖父はいまいましげにつぶやいた。「女々しいやつに育つぞ。男の何たるかを教えてやれる父親がいないと、えてしてそうなるもんだ」

　サントのことをうち明ける絶好のチャンスだった。それなのに、からからの喉からその言葉を押し出すことがどうしてもできない。時間が必要だった。サントの出方を見極める時間が。「ルカのそばに男の人はいるわよ」

「店で雇ってるあの若造のことか？　あいつの持ってる男性ホルモンなんざ、わしの指一本分もないだろうさ。ルカには本物の男がついててやらなきゃならん」

「本物の男の概念が、おじいちゃんとわたしじゃ、かなり違うみたいね」

　祖父は薄い肩を落とした。額のしわがずいぶん深い。ここ数カ月でめっきり老け込んだ。

「おまえにはこんな人生を送らせるはずじゃなかった」

「人生なんて計画どおりにはいかないものよ、おじいちゃん。オリーブの木と行き合えばオリーブオイルを絞ればいい。そうでしょう？」

「だが、おまえはオリーブオイルを手に入れられなかった。オリーブの木は隣のものになり、オイルを絞ったのはあいつらだった」

「でも、そのおかげでわたしの店が繁盛してるわ。先週、新聞にも取り上げられたのよ」

しかし、あのときの高揚感もいまは失《う》せた。「その前の週は、有名な旅行ブログに取り上げられたわ。〝シチリアの隠れ家〟っていうタイトルでね。わたし、この仕事に向いているみたいよ」

「女が仕事をするのは結婚するまでだ」

フィアはボトルをテーブルに置いた。「そういうことは言わないで。ルカにもそのうちおじいちゃんの言ってることがわかるようになるけれど、あの子にはそういう考えを植えつけたくないの」

「男に誘われても、おまえはいつだって撥《は》ねつける。黒い髪だろうが金髪だろうが、背が高かろうが低かろうが、関係ない。ルカの父親を最後に、誰ともつき合おうとしない」祖父にじっと見つめられ、ボトルを握るフィアの手に力がこもった。

「興味を持てる人に出会ったら、つき合ってみるわよ」そんな日がこないのはわかっている。わたしが心を寄せた男性はこれまでに一人だけいた。けれどその人にはいま、蔑まれている。母親失格の烙印《らくいん》を押されている。

それについて考えるのがつらくて、フィアは祖父に注意を向けた。彼が無意識のうちに胸をさすっている姿にふと不安を覚え、思わず腕を伸ばしてその手に触れた。祖父はすぐに手を離そうとしたが、その理由をフィアは深く考えないようにした。もともと祖父はスキンシップを好む人ではなかった。フィアを抱くことも、ルカを抱くこともない。「どうしたの？　また痛むの？」

「たいしたことはない」それからしばらく、祖父はフィアに視線を据えたまま無言でいた。フィアのみぞおちのあたりが苦しくなった。

「わしに黙っているつもりだったな?」

フィアの足もとで地面が揺らいだ。

「何を?」心臓がロックバンドのドラムのようにとどろいている。

「さっき、ここへ来ていただろう? サント・フェラーラだ」いかにも苦々しげに祖父はその名を口にした。フィアは、グラッパのボトルを取り落としそうになった。

「おじいちゃん——」

「あいつの名前を口にするなとおまえは言うが、向こうがわしの土地に入り込んだとなれば話は別だ。なぜ黙っていた?」

祖父はどこまで知っているのだろう? あのやりとりを聞いていたのかしら?

「おじいちゃんがこういう反応を示すのがわかっていたからよ」

祖父はこぶしでテーブルを殴りつけた。「あの小僧には言ってあったんだ。今度わしの土地に足を踏み入れたら、ただじゃおかないとな」

フィアはサントの広い肩を思い浮かべた。がっしりした顎を翳《かげ》らせていた髭《ひげ》も。「彼は小僧じゃないわ。もう大人よ」その大人は、世界的企業を率いる大金持ちだ。そしてフィアの大切なものを思うままにする力を持っている。いまごろは弁護士に相談をもちかけている。わたしの息子の将来について。

わたしたちの息子の将来について。

祖父は怒りで目を赤くして、見えない敵に指を突きつけた。「あの男、よくもわしの家へ……人の気も知らずに……」

「おじいちゃん、落ち着いて」フィアは立ち上がった。いまの段階でこれほど怒るのだから、もし本当のことを知ったら、祖父はいったいどうなるのか。「ルカが生まれたときに約束したでしょう。フェラーラの悪口は言わないって」

「なぜあんなやつの肩を持つ?」

フィアは頬が火照るのを感じた。「憎しみと隣り合わせで育つなんて、子どもにとっていいわけがないわ」

「わしはあいつらが憎くてたまらないんだ」

フィアは大きく吐息をついた。「ええ、よくわかっているわ」初めて胎動を感じたときから、それを考えない日はなかった。ルカを産んだ瞬間も、初めてルカの瞳をのぞき込んだときも、それを考えた。毎晩、ルカにおやすみのキスをするときも考える。もうこれ以上、この重荷に耐えられないと思うことがときどきある。

「わしが死んだら、おまえはひとりぼっちだ。フェラーラのせいでな。そうなったら、誰がおまえたちの面倒を見る?」

「誰かに頼らなくても、自分の力で生きていけるわ」祖父は、サントのせいで兄が死んだと思い込んでいるのだ。たとえ生きていたとしても兄は自分の面倒さえ見られない人だったし、命を落としたのもサント・フェラーラのせいではなく、兄自身の無責任な行動が原因だった。しかし、いまさらそれを祖父に言ったところで、どうなるものでもなかった。

祖父がよろよろと立ち上がった。「もしまたフェラーラが来るようなことがあったら、伝えておけ」

「おじいちゃん――」

「男なら責任を取れ、わしはまだ待っている、とな」

3

〈フェラーラ・ビーチクラブ〉の支配人室が急遽《きゅうきょ》、サントのオフィスにあてられたが、このホテルの業績がふるわない理由がよくわかる部屋だった。秩序も調和もない。机の上には書類が散らばり、部屋の隅で観葉植物が枯れかけている。壁にかかった家族写真さえ苛立《いらだ》たしい。ポーズをとる支配人と妻、そして笑顔の子ども二人。典型的なシチリアの家族だった。

サントは写真を引き裂きたい衝動に駆られた。自分を理想主義者だと思ったことはないが、いつかこの写真のような家族を持つのだと考えることは、理想主義であるゆえんなのか？

彼は腕時計に目をやった。

フィアは必ずやってくる。約束を破れない性格のせいだけではない。向こうが来なければ、サントが出向いていくと知っているからだ。

夜明けの最初の光が差す風景を、サントは無表情に見つめた。水平線に日が昇り、穏やかな海面が輝きはじめる。

フィアにメールを送ったのは未明だった。大方の人間は熟睡しているはずの時間だったが、サントが眠れるわけはなかった。フィアも同じだったはずだ。

靄《もや》がかかったような頭でも、サントの考えははっきりしていた。決断に迷いはない。感情も、これぐらい単純に割り切れればいいのだが。

もう一度携帯を確かめると、兄からメールが届いていた。簡潔な一文だった。

〈力になれることはあるか?〉

どんなときも力になる。無条件に信じる。家族とはそういうものだ。フェラーラ家はそうだった。そんな愛と信頼に包まれてサントは育った。だが、息子は違う。人生の最初の大事な時期を、毒蛇の巣も同然の環境で過ごしてしまった。感性の砂漠で育ったことは、将来あの子にどんな影響を与えるだろう? いや、精神的虐待だけだったかどうかも怪しい。昔、フィアはしょっちゅう痣《あざ》をこしらえていたではないか。

ドアがノックされた。いかにも不承不承といった感じのノックだ。

サントの目が険しく細められ、全身をアドレナリンがめぐり出す。しかし、やってきたのはフィアではなかった。厨房《ちゅうぼう》の若い女性料理人がコーヒーを持ってきたのだ。

「ありがとう《グラッツィエ》」

ソーサーの上でカップがかたかた音をたてている。料理人が緊張の面持ちでサントをちらりと見た。機嫌の悪さがはっきり顔に表れているに違いない。そして、その理由をスタッフたちは誤解している。彼らには知る由もないが、いまのサントには、このホテルの問題点など二の次だった。

料理人がそそくさと立ち去ってほどなく、ふたたびノックの音がした。今度こそ彼女だ。ドアが開き、フィアが現れた。朝靄のように白い顔の中で、緑の瞳が宝石のきらめきを放っている。

疲労し、緊張しているのがひと目でわかる。戦闘態勢が整っていることも。

離れてたたずむ二人の視線が絡み合う。

一度は熱いときをわかち合った二人だった。一度は深くむつみ合った二人だった。しかし体のつながりのほかには、何の絆《きずな》もない二人だ。たまたま何度か行き合い、たまたま一夜をともにした。ただそれだけの関係は、この深刻な状況では救いにならない。

「ぼくの息子は?」彼が鋭い口調で問うと、フィアはドアに背中を預けた。

「家で寝てるわ。もし目を覚ましても、ジーナがいるから大丈夫よ。祖父もいるし」

怒りが、飢えた獣のようにサントに襲いかかった。はかない自制心をつなぎ止める細い糸が断ち切られそうになる。「それを聞いてぼくが安心するとでも思っているのか?」

「祖父はルカを愛しているわ」

「愛という言葉が何を意味するか、ぼくたちの見解はずいぶん違うようだ」

「いいえ」フィアは激しいまなざしで言った。「違わないわ」

「あの子の父親の正体を知っても、じいさんはルカを愛せるのか？　答えは明らかだ」サントは椅子から腰を浮かせた。とたんにフィアの手がドアノブに伸びるのを見て、彼は警告した。「きみがここから出ていけば、人前でこのやりとりをしなければならなくなる。それがきみの望みか？」

「わたしはあなたに冷静になってほしいだけ」

「ぼくはいたって冷静だ。自分の息子を見た瞬間から、ぼくの考えははっきりしている」

　室内の空気が重さを増した。息がつまりそうなほど暑い。

「わたしに何を言わせたいの？　謝ればいいの？　わたしが間違っていましたって？」静かな低い声を発する喉に、サントの視線が引き寄せられた。次いで、口もとに。たった一夜の出来事だったが、あの唇の感触はくっきりと記憶に刻まれている。あの肌の滑らかさも、豊かな髪の柔らかさも。仕事中はまとめられていた髪が、いまは大きく背中に広がっている。そこに朝日が照りつけて、まるで火が燃えているようだ。癇癪《かんしゃく》を起こした彼女の父親が、あの髪を滅茶苦茶《めちゃくちゃ》に切ってしまったことがあった。現場を目撃したサントは止めに入ろうとしたが、父親をますます激高させただけだった。

　あのときフィアは静かに座っていた。自分の長い髪が膝に落ちるのを、無言で見つめていた。そのあと船小屋に逃げた彼女は、サントをにらんだ。さっきのことをひと言でも口にしたら許さないと、その目は告げていた。もちろんサントは黙っていた。二人は言葉を交わすような仲ではなかったのだから。

その仲が変わったのも、同じ船小屋だった。あの悲劇が起きた夜に。

サントは大きく息を吸い込んだ。彼女を壁に押しつけ答えを強要したい衝動を必死にこらえた。「妊娠がわかったのはいつだ?」

「そんなことを聞いてどうするつもり?」

「質問しているのはこっちだ。きみはきかれたことに答えればいい」

フィアは目を閉じてまたドアにもたれた。「あのあとの記憶は曖昧なの。病院へ駆けつけたのは覚えてるわ。それからお葬式があって……」彼女の呼吸が乱れた。「とにかく、大変な日々だった。自分のことになんかかまっていられなかった」

確かに、大事件だった。サントとフィアがわかち合った濃密なひとときは、安易な報道と心ないうわさの渦にのまれて消えた。あのときのことを思い出すと、サントの全身はひとりでにこわばる。フィアも同じに違いない。

「それでも、どこかの時点で気づいたんだろう?」

「二カ月ぐらいしてからだったかしら。もっとあとだったかもしれない」フィアは額を指で揉《も》むようにした。「吐き気がするのも何もかも、ショックを受けたせいだと思っていたから。やっと気づいたとき、思ったわ――」

「また厄介な問題が起きたと?」サントは両のこぶしを握りしめた。

「まさか!」フィアは激しくかぶりを振った。「奇跡が起きたと思ったのよ。人生で最悪の夜に、最高の出来事が起きたんだって」

サントは虚をつかれた。「すぐぼくに知らせるべきだった」

「何のために? あなたと祖父に血みどろの戦いをさせるため? わたしは、わたしの子のために最善と思われる道を選んだだけよ」

「ぼくたちの子だ。これからは、きみ一人に決断はさせない」

フィアの顔に動揺がよぎった。「ルカは幸せに暮らしてるのよ。あなたの気持ちはわかるわ。だけど――」

「きみにぼくの気持ちがわかるものか。自分の息子がバラッキ家の一員として育つんだぞ」頭にこびりついて離れない問いを、サントはとうとう口にした。「じいさんはルカに手を上げたことがあるのか?」

「あるわけないでしょう! そんなこと、絶対、誰にもさせないわ」

「きみがルカを守れるのか? 自分自身さえ守れなかったきみが」ひどいことを言っていると自分でも思った。だが、彼女の気持ちよりも息子の安全のほうが大事だった。「きみは家の人に何をされても黙って耐えるだけだった」

「確かに、わたしは虐待を受けて育ったわ。でも、わたしを虐待していたのは父よ。祖父じゃないわ。ルカは大丈夫。あの子はみんなに愛されて、穏やかな日々を送ってるわ」

「父親のいない日々だ」

フィアがぎくりとした。「それはそうだけど」

「ルカの身に危険が及んでいないのならよかった。しかし、根本的に問題があることに変わりはない。家族はぼくにとって最も大切なものだ。自分の子の養育を放棄するなど、フエラーラの人間には考えられない」フィアには残酷な言葉だった。彼女の母親は、まさにわが子の養育を放棄したのだから。

フィアの顔がいちだんと青ざめた。恐ろしい場所に置き去りにされ、遠ざかる親を見送らなければならない子どもの気持ちを、サントはちらりと想像した。

このあたりの人間ならみんな知っている話を、サントも知っていた。イギリス人だったフィアの母親はシチリアを旅行中、見てくれがよく口のうまいピエトロ・バラッキと恋仲になった。彼女が夫の女癖の悪さと気短さを知ったのは、結婚したあとだった。暴力に耐えかねた彼女は、シチリアと二人の子どもに別れを告げた。しばらくして父親は、酒を飲んでボートを出し、事故死した。

フィアはまっすぐに彼を見つめた。「あの夜以来、あなたはわたしのことなんて気にもかけなかったでしょう？　様子を見に来ようなんて、思いもしなかったんでしょう？」

「あれ以上、事態を複雑にしたくなかった」サントはそう答えたが、フィアの言葉に罪悪感を呼び覚まされた。確かに、彼女に連絡を取るべきだったかもしれない。靴に小石が入り込んだような心地悪さを、サントは感じた。

「じゃあ、認めるわけね。わたしに連絡を取るだけでも問題が大きくなると思っていたって」フィアの口調はあくまで穏やかだった。「そのうえ、子どもができたなんて知らされたら、あなたいったいどうしていたかしら？」

「そうなれば、すべてが変わっていたはずだ」

「何も変わりはしないわ。すべてがもっとややこしくなっただけよ」フィアは両手をジーンズのポケットに入れた。メイクをせず髪も下ろしている彼女は、ティーンエイジャーと見紛《みまが》うほどに若々しい。「過ぎたことをあれこれ言ってもしかたがないわ。これからの話をしないと。あなたがルカに会いたいと思うのは当然だから、取り決めをしましょう」

ジーンズに包まれた彼女の脚の長さに気を取られそうになりながら、サントは眉根を寄せた。「どういう意味だ？」

「あなたがルカに会うのはかまわないって言ってるの。一定のルールを守ってくれるなら、定期的に面会できるようにしてもいいわ」

彼女がぼくにルールを課す？　驚きのあまり、サントは返答に窮した。「どんなルールだ？」

「ルカの前で祖父のことを悪く言わないでほしいの。あの子の周りにいるほかの人たちのことも。わたしも含めて。わたしに対してどんなに腹が立っても、ルカの前でそういう態度は見せないで。一緒には暮らしてなくても両親は仲がいいんだって、信じていてほしいから。これに同意してくれるなら、面会してもかまわないわ」

サントは唖然《あぜん》とした。勘違いもいいところだ。「面会だって？　子どもとの面接交渉権の話をするためにきみを呼んだとでも思っているのか？」

「ルカに会いたいんじゃないの？」

「もちろん、会いたい。ずっと会っていたい。夜はルカを寝かしつけ、朝が来れば起こしてやりたい。本物の家族とはどういうものか、ルカに教えてやりたい。つまり、ぼくはルカのフルタイムの父親になるつもりだ。認知のために必要な書類を弁護士に徹夜で作らせた」

不穏な沈黙が落ちた。

押し黙っていたフィアが、いきなり突進してきてサントの胸をこぶしで叩《たた》いた。

「ルカをわたしから取り上げないで！　そんなこと、絶対にさせない！」予想外の剣幕に気圧《けお》され、ほっそりした手首をつかむのにサントは少々手間取った。

「だが、きみはルカをぼくから取り上げていた」サントが語気を強めると、フィアがはっとした顔をした。

「わたしは母親よ」かすれた声で彼女は言った。「あの子を手放したりするものですか。

あの子にはわたしが必要なの」

サントはわざと間を置いた。真実を知ってから自分が味わった苦しみの欠片《かけら》でも、彼女に味わわせるために。それから手を離し、一歩退いた。「母親として尽くしてきたなんて言わないでくれよ。きみはベビーシッターを雇っているじゃないか」

フィアはいぶかしげな表情を浮かべて後ずさりした。「ジーナに何の関係があるの？」

「きみは自分で育児をしていない」

「してるわよ」傷ついた目をしてフィアが言った。「ベビーシッターを頼んでいるのは――」

「言い訳の必要はない。子育てには苦労がつきものだ。だからきみの母親はそれを放棄した。きみも彼女に倣ってかまわないんだよ」

フィアが目を見開いた。「あなたが何を言いたいのか、よくわからないわ」

「大変な子育てを、ぼくが代わってあげると言ってるんだ」

「それは……脅し？　あの子をわたしから取り上げるぞっていう」

「脅しなんかじゃない」サントはにこやかに言った。「提案だよ。きみが今後もルカに会いたいと言うなら、もちろん、そういうふうに取り決めを交わそう」

フィアの呼吸が浅くなった。「わたしがルカを手放すわけないでしょう？」

「子どもがいなければ気ままに暮らせる。金銭的にも十分なことはさせてもらうつもりだ。

きみにとって悪い話じゃない。もう働く必要だってなくなるだろう」

両手で頬を押さえて、フィアは喉がつまったような笑い声をたてた。「あなたって、なんにもわかっていないのね。わたしはルカを愛しているの。何よりもあの子が大切なの。どんな条件を出されようと、あの子と別れたりするものですか」フィアは腕を下ろし、こぶしを握りしめた。「どんなことをしてでも、わたしの子はわたしが守るわ」

サントは平然とうなずいた。「きみの母親だったら、金を受け取って去っていっただろう。そうしないのなら、きみはなかなかのものだ」

「テストだったの？　わたしを試したのね？」フィアはうめくように言った。「最低だわ」

「ぼくたちの子の将来がかかっているんだ。きみを怒らせようが何だろうが、あの子を守るためならぼくはどんなことでもする」フィアの言葉を、サントはそのまま返した。

「わたしは母とは違うの。ルカを手放すことは金輪際ないわ」

「そこまで言うなら、別の解決方法を考えよう」サントに思いつく方法はあとひとつしかなかった。ルカのためにフィアが必死になるとわかったのが、せめてもの慰めだった。

「わたしが考えなかったとでも思う？」絶望しきった声だった。「解決方法なんてないのよ。ルカに両方の家を行き来させるわけにはいかないわ。お互いに対する悪い感情を、あの子に感じさせたくないの。せっかくいままで穏やかな環境で育ってきたんだから」

「あのじいさんを知っている者としては、信じがたい話だ」

「祖父はルールを守ってくれているわ」

サントは顔をしかめた。「またルールか?」

「ええ。ルカが生まれたときに約束してもらったの。フェラーラという名前を出すなら、いいことを言うときだけにしてって。わたしのときみたいに悪意に満ちた空気の中であの子を育てたくなかったから」

サントは心底驚き、眉を上げた。「あのじいさんがよく納得したものだな」

「脅したのよ。約束してくれないなら、わたしたち、出ていくって」

驚きを通り越して、サントは衝撃を受けた。彼女がこれほど強い女性だったとは。

「あなたにもこのルールは守ってもらうわ。破ったら、すぐにわかるわよ。いまのルカはまるで録音装置みたいなものだから。聞いた言葉をそのまんま真似《まね》するの」

バラッキ対フェラーラの確執をわが子から遠ざけようとする彼女の強い意志に、サントは感嘆しないわけにいかなかった。

「第一に」ゆっくりと彼は言った。「敵意を抱いているのはそっちだけだ。うちから和解の申し入れをしても、ことごとく撥《は》ねつけられた。第二に、ぼくがどんな言葉をかけるか、ルカを通さなくてもきみは知ることができる。なぜなら、きみも常にぼくたちと一緒にいることになるからだ。第三に、両方の家が一緒になる以上、こういったことを問題にするのは無意味だ」

「一緒になる？　ルカが双方の子どもになるということ？」

「ぼくたちが結婚するということだ」

室内が静まり返った。

聞こえなかったのだろうかとサントが思った次の瞬間、フィアが奇妙な声を発して後ずさった。

「結婚ですって？」かろうじて聞き取れるかすれ声で彼女は言った。「冗談はやめて」

「もっと喜んでくれよ。ぼくからのプロポーズを待ち望んで夢破れた女性は大勢いるんだ」

フィアは呆然《ぼうぜん》としたまま言った。「これはプロポーズなの？」

「実質的にはそうだが、ひざまずけと言われてもそれは無理だ」

彼女がルカのためにどこまで献身的になれるか、これが本当のテストになるだろう。

「わたしたち、三年間、会っていなかったのよ。相手のことをほとんど知らないのよ。それでなくたって、お互いの家族が賛成するわけがないわ」

「ぼくがどんな決断を下そうと、うちの家族は応援してくれる。それが家族というものだ。そっちはどうだか知らないが」サントは肩をすくめた。「お互いを知らないことについては、すぐに取り返せる。これからは常に一緒なんだから」

フィアは夢遊病者のような足取りで窓辺へ近づいた。「つい先週、何かであなたの写真を見かけたわ。女の人と腕を組んで赤い絨毯《じゅうたん》の上を歩いていた。さぞかし女性にもてるんでしょうね」

「ぼくが誰とも結婚せずに運命の人を待っていたのをラッキーだったと思ってくれ」兄や姉のような幸せな結婚ができると思い込んでいた自分が、愚かだった。将来の設計図の激しい変化に、サントは目眩《めまい》がしそうだった。

「プロポーズは受けられないわ」その声には、さっきまでのような力強さはなかった。

「結婚する必要がわたしにはないもの。仕事は順調だし――」

「これはきみの問題じゃない。本当にルカを愛しているなら、彼のために最善の道を選ぶべきだ」

　フィアは激しくかぶりを振った。「ルカにとっても、よくないわ」

「よくないのは、ぼくの子が、家族の意味を知らない者たちの中で育つことだ」サントは冷ややかに言った。「フェラーラ家の一員として、ルカには愛と安らぎを享受する権利がある。家族同士が強い絆で結ばれた家で育てられるべきなんだ。そんな家はきみには理解できないかもしれないが」サントはまた残酷な言葉をぶつけたが、フィアは怯《ひる》まなかった。

「理解できるわ。無条件の愛と援助を与え合う人の集まりが、理想的な家族の姿よ。わたしがそういう家族に恵まれていないのは認めるわ。恵まれていないから、わたしは自分でそれをつくったのよ。現実には、人の手を借りる必要があったわけだけど。祖父に頼らずに経済的に自立するために」

「そんな理屈っぽい言い訳をしてまでベビーシッターを雇うとはね」

「ベビーシッターにずいぶん偏見を持っているみたいだけど、それはあなたの身内に頼れる人が大勢いるからよ。そういう環境なら、助け合いながら子育てができるわ。でもわたしの場合はそうじゃないから、信頼できる人物を探してジーナを見つけたのよ。ベンに来てもらってるのは、男の人の存在も必要だと思ったから」フィアは唇を噛《か》んだ。「ルカにはいろんな人に抱きしめられて大きくなってほしいの。わたしと同じぐらいあの子を愛してくれる人たちに囲まれて育ってほしいのよ。あの子のために、理想的な家族をつくろうと努力してきたわ」

サントは、あの厨房で目撃した光景を思い起こした。短い時間だったが、ルカは確かにたっぷりと愛情を受けていた。「だが、家族の代役はもういらない。ルカには本物の家族ができるんだ」

「いまのあなたは、まともに頭が働いていないのね」驚くほど強い口調だった。「わたしの両親が結婚したのは、母がわたしを身ごもったからよ。そういう結婚がうまくいかないのは、誰よりもこのわたしが知っているわ。それと同じことをしようと、あなたは言ってるのよ」

「同じじゃない。きみの両親は、それぞれが勝手に暮らしていた。暴力もあった。きみはその犠牲になったんだ。ぼくたちの結婚生活は絶対そんなふうにはならない」

「お願いだから、冷静になって。ルカのことを考えて」

「昨夜、ルカを見た瞬間から、ぼくはルカのことしか考えていない」

「あなたとわたしが結婚することが、どうしてルカのためになるの？　早まらないで」

「早まる？」自分の知らないあいだに息子がどんな成長ぶりを見せたかと思うと、何かを力いっぱい殴りつけたい衝動に駆られる。「ぼくにしてみれば遅すぎるぐらいだ。ルカにはおばさんもおじさんも、一緒に遊べるいとこたちもいるのに、本人は何も知らない。フェラーラ家に入れば、ルカが寂しさを感じることは決してない。汚い船小屋に身を潜める必要もないんだ」

「ひどい人」フィアは苦しげにつぶやいたが、いまのサントは、怒り以外の感情を抱けなかった。

「きみは、温かい家庭で育つ権利をルカから奪った。わが子と過ごす時間という貴重なものをぼくから奪った。それをこれから取り戻すためにひどい人間にならなければいけないなら、喜んでなろう」サントは大股にドアへ向かった。「これから仕事なんだ。そのあいだに考えておいてくれ」

「時間を……ちょうだい。ルカにとって何がいちばんいいのか、すぐには決められないわ」

サントは荒々しくドアを引いた。「父親のいるフェラーラ家に入るのがいちばんいいに決まっている。バラッキ流のひねくれた思考も、その事実をねじ曲げるのは難しいはずだ。今日の夜まで待とう。もしきみがじいさんに真実を明かせないと言うなら、ぼくが代わりに話す」

4

夢が色あせるのは悲しいものだ。

八歳だったフィアは、入り江の対岸を眺めては、にぎやかで楽しそうなフェラーラ一家を羨ましく思っていた。つらいとき、彼らの船小屋を避難場所に選んだのは偶然ではなかった。あの家族の温《ぬく》もりの余韻が、あそこには残っているように思えたのだ。

窓から入り込むときにかすり傷を負っても、埃《ほこり》まみれになっても、平気だった。戸口は海のほうを向いていたから、人に見つかる心配はなかった。フィアが敵地に身を潜めているなどと誰が思うだろう。

だから、岩場に立ったサントがじっとこちらを見ているのに気づいたときには、息が止まるほどの恐怖を覚えた。バラッキ家が心底憎むフェラーラだ。

しかし、サントは見逃してくれた。フィアにはこの場所が必要だとわかっているかのように、そっと一人にしておいてくれた。

フィアの中で、サントは神様同然の存在になった。その後もフィアは、小屋に入り込んでは隣家の様子を観察しつづけた。ビーチでピクニックをしたりゲームに興じたりする家族を、羨望のまなざしで見つめた。仲がいいからする喧嘩《けんか》もあるのだと、彼らを見ていて初めて知った。子どもを抱きしめる父親がいることも、仲むつまじい兄弟が存在することも、家族とは幸せなひとつの集団であることも、初めて知った。

実はわたしはお姫様なのよと冗談を言う級友たちがいたが、フィアの夢は、ある朝目覚めると、実はあなたはフェラーラ家の子なのよと告げられることだった。産院で取り違えられて、間違った家で育てられてしまったのよ、と。

あんな夢を見ていたから、こういうことになってしまったのかしら。

睡眠不足で頭が痛いし、ストレスのせいで胃がむかむかする。これからのことを考えなければ。今夜までに、祖父に告げなければ。祖父がこの世で最も憎んでいる男が、ルカの父親であることを。

そのハードルをなんとか越えたあとも、次が待っている。サントの〝プロポーズ〟にどう答えるかだ。

これほどばかげた提案もない。自分を憎んでいるとわかっている相手と、いったい誰が結婚するかしら？

けれど、ルカをフェラーラ家に迎え入れようと必死になるサントを責める資格も、フィアにはなかった。彼女がつくろうとしてきたささやかな家族のお手本は、そのフェラーラ家だったのだから。

サントの申し出を承諾すれば、ルカはフェラーラ家の一員になる。子ども時代のフィアがあれほど憧れた生活が、ルカのものになる。たっぷりと愛情を注がれて大きくなる。

ただし、わたしはとても大きな犠牲を払わなければならない。あの家族に加わるのだ。ルカと違って歓迎はされず、しかたなく受け入れられる。いつまでたっても一人だけ部外者だ。

そして、わたしを愛してもいない人と生涯をともにする。わたしが過去に下した決断に対する怒りでおかしくなっている人と。

それがルカのためになるの？

なるわけがない。

やはり、二人が結婚しても誰のためにもならないと、なんとかしてサントにわかってもらわなければ。

そう心に決めて、フィアは〈ビーチシャック〉の厨房《ちゅうぼう》へ戻っていった。

「ああ、シェフ、どこへ行ってたんですか？　朝いちばんで仕入れに行ってきましたよ。いいえび《ガンベリ》が揚がってて――」ベンが箱を運び込みながら言う。「メニューに入れときましたからね。えびとレモンのパスタ《ガンベリ・エ・リモーネ・コン・パスタ》」フィアの表情に気づいて、彼は眉をひそめた。「ほかのがよければ変更しますけど」

「それでいいわ」フィアは、地元の業者から届いた果物や野菜をチェックした。意識しなくても手が動く。昨日までと何も変わらない。なのに、すべてが変わってしまった。「アボカドは来てる？」

「ええ。すごくよさそうなのが」ベンは箱を抱えたまま立ち止まった。「シェフ、大丈夫ですか？」

ベンが心配しているのは、サントとのことだ。それについては、まだ誰とも話す気になれない。

「そうそう、ルカが新しい言葉を覚えましたよ」ベンはにやりとした。「えびを。船から荷が下ろされるのをジーナと一緒に見てたんですよ。たこもすごく気に入ったみたいで、連れて帰るってきかないから、仕入れてきました。料理してお客様に出すってことは言ってませんけどね」

フィアはなんとかほほ笑みを返した。こういう人たちのあいだでルカは育ってきたのだ。

無邪気に。天真爛漫《てんしんらんまん》に。

「あれ、お客様だ。早いですね。それに、ずいぶんめかし込んでる」フィアが首をめぐらせると、スーツを着た大柄な男が表をぶらついているのが見えた。とたんに怒りが込み上げた。夜まで待つと言ったくせに、サントはもう圧力をかけてきたのだ。「ここを頼むわね、ベン」フィアは早口で言い置くと、歩き出しながら携帯のボタンを押した。「サント・フェラーラと話したいんです。会議中でも、お願いします。フィア・バラッキだと伝えてください。急いで……」いざとなったら会議室へ乗り込むことも辞さないつもりだったが、しばらくすると深みのある声が流れてきた。

「いったい何ごとだ？」

「ギャング映画から抜け出したような人がうちの店の周りをうろついてるんだけど」

「それはよかった。ルイジはちゃんと仕事をしているんだな」

「何をする人なの？」

「〈フェラーラ・グループ〉のセキュリティ部門の責任者だよ」

「帰ってもらって。お客様が怖がるわ」

「きみの店の客がどう思おうと、ぼくには関係ない」

「ルカも怖がるわ」

「ルイジは子煩悩な父親だ。よその子にも懐かれる。それより、早くじいさんに話すんだ。話せないならぼくが行く。それと、緊急じゃないかぎり電話は遠慮してくれ」電話が切れると、フィアはつかつかと男に歩み寄った。

「あと二時間で開店なの。何かトラブルでもあったのかとお客様に思われると困るんだけど」

「わたしがここにいるかぎり、トラブルは起きませんよ」

「ここにいてもらいたくないのよ。あなたはとても目立つわ」傲慢な雇い主と同じような石頭ぶりを見せつけられるものとフィアは思っていた。だが案に相違して、彼は申し訳なさそうな目をして答えた。

「坊ちゃんの身の安全を守れるなら、もっと目立たない方法を取ってもかまわないんですが」

この人は事情を知っているのだ。彼のまなざしからそう察知したフィアは、肩を怒らせた。「自分の子ぐらい自分で守れるわ」

「そう思われるのは当然です。しかし、坊ちゃんはあなた一人のお子さんじゃありません」要するに、あとの半分の遺伝子が問題だということだ。父親がシチリア一の有力者となれば、ルカは卑劣な連中のターゲットに十分なり得る。それを考えると、フィアの胸に吐き気が込み上げた。

「本当に危険なの？」

「サント・フェラーラが敷くセキュリティ体制をもってすれば、どうってことありません。ちょっと待ってくださいよ――」彼はあたりを見まわした。「みんなが幸せになれる方法を考えましょう」意外な答えに、フィアは思わず泣きそうになった。

「どうしてそんなに親切にしてくれるの？」

「去年の夏、姪《めい》っ子がここでお世話になりました。家で腐ってたのを雇ってもらって」

淡々とした口調だった。「経験もないのに受け入れてくださった」

「サブリナはあなたの姪御さん？」

「姉の娘です」彼は咳払《せきばら》いをした。「隅の席に座らせてもらえませんか？　まわりがよく見える角度にテーブルをずらして、ゆっくり食事をします。そうすれば客に紛れられるでしょう」

「彼に見つかっても平気なの？」彼が誰を指すかは、言うまでもなかった。

「ボスは部下の行動を細かくチェックしたりしません。信頼の置ける人間を雇ったら、あとはそれぞれのやり方に任せてくれるんです」彼は微笑を浮かべた。「そうじゃなきゃ、この会社で働きません」

いまはサントを賞賛する声は聞きたくない。けれど少なくとも、ルイジの言うことは筋が通っている。彼のボスよりも、はるかに。

「あの席に座って」フィアはテーブルを指さした。「それから、上着を脱いでもらえるとありがたいんだけど。うちはカジュアルな店なの。ランチタイムは特に」

「ママ！」ルカが跳ねるような足取りでやってきた。任務の対象である子どもを初めて見たルイジが、息をのむ。

「これは、これは」

それほどそっくりなのだろうか？　フィアに抱きあげられたルカは、スーツ姿の大男を興味深げに見つめた。

「ルイジよ。うちにお昼を食べに来てくれたの」

「どうぞよろしく」ルイジはルカにウインクをしながら言うと、テーブルを動かしはじめた。

この日は昼も夜もてんてこ舞だった。フィアは厨房からほとんど出られず、祖父の様子をちらりと見に行くのが精いっぱいだった。込み入った話はできない。えびとパスタを合わせるときも、フィア自慢のチョコレートのズコット《ズコット・アル・チョコラート》をつくっているあいだも、少ない残り時間ばかりが気になった。

ジーナとベンが帰っていき、後かたづけもひと段落するころには、フィアは精神的にすっかり参ってしまっていた。

祖父のショックを最小限にとどめるために、一日中、頭の中でリハーサルをしていたのだ。

ルカのことで、ちょっと話があるの。

おじいちゃん、ルカの父親は誰だって何度もわたしにきいたわよね……。

翌日の仕込みのために厨房へ戻ったときだった。フィアは奥の部屋の床に倒れている祖父を発見した。

「おじいちゃん！」駆け寄ってそっと肩を揺すり、脈を取ろうと細い手首をつかんだ。

「ああ、神様。こんなことって――」携帯を出そうとポケットに手を入れたが、家に置いてきてしまっていた。

「呼吸は?」背後でサントの声がした。落ち着いた声だった。携帯を手に、早口のイタリア語で誰かに指示を出しながら大股に近づいてくる。

悔しいけれど、サントの姿を見てフィアはほっとした。なぜ彼がここにいるのか、いぶかしむ余裕もなかった。「救急車を呼んでくれたの?」

「ヘリを要請した」彼はためらうことなく祖父の首に指を押しあてた。「脈がないな」

そうだった。手首ではなく首で確かめるんだったわ。応急処置の基本は知っていたのに、動転していた。フィアは祖父の手を取って懸命にさすった。「おじいちゃん――」

誰かが走ってくる足音がした。現れたのは、小さな箱のようなものを持ったルイジだった。「ボス、これを」箱を受け取ったあとのサントの動きは正確かつ迅速だった。

「じいさんのシャツを脱がせてくれ」

「でも――」

「早く!」サントが箱を開け、スイッチを押す。

「何をするつもり?」シャツのボタンをはずそうとしても手が言うことを聞かない。サントがイタリア語でなにやらつぶやいたかと思うと、力強い手がフィアの手を押しのけ、シャツを引き裂いた。あっという間に祖父の胸があらわになる。

「離れて」サントはパッドのテープをはがして祖父の胸に貼りつけた。その手つきにためらいや曖昧さはみじんもない。装置が機械的な音声で指示を出す。

「電気ショックを与えるの？　そんなことをして大丈夫？　死んじゃうかもしれないわ！」祖父の命が、祖父を嫌う人物の手に委ねられている。その事実に気づくと、フィア自身の心臓が止まりそうになった。

サントが苛立《いらだ》たしげにフィアを一瞥《いちべつ》した。こちらの考えは見抜かれていた。「AEDのパソコンチップは、恨みつらみをぶつけるようにはプログラミングされていない。ほら、手を離して」

フィアはしぶしぶ後ろへ下がった。

患者から離れてボタンを押すようにと、装置が指示をする。ほどなく救急隊が到着し、あたりは騒然となった。祖父の体が固定され、ヘリコプターに収容される。搬送先となる病院の責任者にサントがじきじきに電話をかけ、車でヘリを追いかけることを告げる。ランボルギーニにチャイルドシートはつけられないので、ルカはルイジの四輪駆動車で行くことになった。ベッドから車へ移しても、ルカはまったく目を覚まさなかった。

「お気に入りの玩具《おもちゃ》か何かあるか？」チャイルドシートのベルトを締めながらサントが言った。

フィアがぼんやり見つめ返すと、彼はため息をついた。「ぼくの姪はお気に入りの毛布がないと眠れない。ルカにはそういう類のものはないのかい？」

「いつもキリンのぬいぐるみを抱いて寝るけど」

「持ってきてくれ。知らない場所で目を覚ましたときにそれがあったほうがいい」

なぜ自分が先に思いつかなかったのだろう。納得できないまま、フィアは急いでルカの部屋へ行き、キリンのぬいぐるみや着替えを鞄《かばん》につめ込んだ。

シチリア人の運転はせっかちだと言われるが、病院へ向かう車中で、フィアは初めてそれをありがたく感じた。救急用の出入口近くに車は止まったが、サントはハンドルを握りしめたまま両開きのドアを見つめている。

フィアはシートベルトをはずした。

「まだ会わせてはもらえないから、急ぐことはない。ここで少し待っていよう」サントはエンジンを切った。その表情は暗く、目の周りに疲労がにじんでいる。「こうして待っているあいだがいちばんつらいものだ」

どうしてそんなことを知っているのと尋ねようとして、フィアは思い出した。彼の父親は、心臓発作を起こして急死したのだった。運び込まれたのはこの病院だったのだろうか？

「ねえ、大丈夫？」フィアはためらいがちに声をかけた。われながら間の抜けた問いかけだと思った。生死の境をさまよっているのはフィアの祖父なのに。それに、どれほど苦しくても彼が本音をさらけ出すはずがない。しょせん二人は、見知らぬ他人同士も同然なのだ。隣り合わせに座っているだけで体が熱くなる他人同士というのも、おかしなものだが。サントは黙っていた。怒りをぶつけられたときよりも、フィアはむしろ落ち着かない気分になった。

「あなたにお礼を言わなくちゃ」ぎこちなくフィアは言った。「こうして車で送ってくれたし……そもそも、応急処置をしてくれたんだもの。あのときあなたが来てくれて本当に助かったわ。あなたがあそこにいたのが不思議だけど」そのときふいに、思いあたった。

彼は、祖父にみずから真実を告げるつもりだったのだ。

祖父が回復しても、まだ難題が残っている。それを思うと、フィアの胃がまた痛んだ。

「本当のことを知って、よほどショックを受けたんだろう」淡々とした口調だった。ややあってから、フィアはその言葉の意味を理解した。祖父が倒れたことがあのことに関係していると彼は思っているのだ。

「まだ話していないわ。ちょうど話そうとしていたときに祖父が倒れているのを見つけて、慌ててしまって――」フィアは自分自身に腹が立ってしかたなかった。「なんにもできなかったのが情けないわ。応急処置の講習も受けたのに」

「大事な家族が倒れたとなれば、慌てるのは当然だ」

慰めてくれているの？　それとも、一般的な事実を述べているだけ？　もちろん後者に決まっている。わたしたち二人は、慰めたり慰められたりの関係ではないのだから。

「サント――」

「やっぱり、行ってみよう。状況を教えてもらえるかもしれない」腕を伸ばして助手席側のドアを開けたサントは、ルカのことを思い出して眉根を寄せた。「起こすのはかわいそうだ。ルイジに見ていてもらおう。目を覚ましたら連絡をくれるよう言っておけばいい」ランボルギーニのそばでひとしきりやりとりがあったあと、ルイジの大きな体がルカの隣に寄り添った。

「ご心配なく。坊ちゃんがぴくりとでも動いたら、すぐにお知らせしますから。おじいさんのことだけを考えてあげてください」

祖父と息子、両方を気にかけつつ、フィアはサントに伴われて救命センターへ足を踏み入れた。

ガラスのドアを抜けるたびに、サントが小さくうめくのが聞こえた。ちらりと目をやっただけでも、広い肩に緊張をみなぎらせているのがわかる。父親のことを思い出しているのは間違いなかった。

その死が突然だったこと、そして、結束の固いフェラーラ家が悲しみのどん底に突き落とされたことは、フィアも知っていた。サントはまだ高校生で、兄のクリスチアーノはアメリカの大学に留学中だった。フィアは葬儀の様子を新聞で読んだ。フェラーラみたいに完璧な一家にこんな不幸が降りかかるのは、理不尽だと思った。三人の子どもたちを深く愛していた父親が、こんなに早く天に召されてしまうなんて。

そういう悲しい思い出の染みついた場所に、サントは無理やり引き戻されることになってしまったのだ。

サント・フェラーラの登場によって、病院はにわかに慌ただしさを増した。フィアの祖父の救命には、高名な医師がみずからのチームを率いて全力で当たっていた。もちろん、費用や労力に糸目がつけられることはない。

兄が嫉妬していたのはこういうフェラーラに対してだった。フィアはぼんやりと思い出した。富と権力を持つフェラーラ兄弟が、ちらりと視線をやるだけで開かずの扉が開かれる。兄はそれを羨んだ。兄がわかっていなかったのは、あの一族の財産も地位も、彼らの努力の賜《たまもの》だったという点だ。彼らが人々に自分たちを敬えと命じたわけではない。

いまのこの瞬間も、フェラーラ家の影響力に感謝する気持ちが、フィアの中に自然にわき上がった。フェラーラ家のおかげで、祖父は最高の治療を受けられるのだ。

医者と話せたのは短い時間だったが、やはりフィアが思っていたとおりだった。心筋梗塞を起こした祖父がいま生きているのは、サントの処置が適切だったことに尽きるという。それを聞かされて、フィアの頭はますます混乱した。サントに借りはつくりたくない。でも、息子の父親が誰かの命を救えるほどの人物であることは誇らしい。

案内された待合室は、気分がいちだんと滅入《めい》りそうな無機質な部屋だった。サントも同じように感じたのか、腰も下ろさずフィアに背を向けたまま窓の外を眺めはじめた。

彼が車へ戻るのをフィアは待ったが、いっこうにその気配はなかった。「行ってくれてかまわないのよ。祖父の意識が戻っても、まだしばらくはあなたの話を聞ける状態じゃないと思うわ」

サントが振り向いた。「ぼくがあのことを言うために待ってると思っているのか？　そこまで残酷な人間だと？」激しい語気に、フィアは驚いた。

「じゃあ……どうしてここにいるの？」

黒々とした瞳で、彼はまっすぐにフィアの顔を見た。「きみの支えになる家族が、誰かいるのか？」

誰もいないのを彼は知っている。息子を除けば、フィアの唯一の肉親はいま、集中治療室に横たわっている。

「支えは必要ないわ」

「生まれたときから一緒に暮らしてきた人が、いま、すぐそこで生死の境をさまよっているんだ。なのに支えがいらないって？　それがバラッキ流なのか？　いや、フィア流と言うべきか。おそらくこれまではそうやってもろもろのことを乗り越えてきたんだろうが、これからは違う。きみを一人にはしない。人生における一大事が起きるとき、きみのそばには必ずぼくがいる。子どもが生まれるとき、学校を卒業するとき、肉親が死ぬとき。もっとささいな出来事のときもだ。フェラーラの人間はそうやって生きてきた。きみとぼくはそうやって生きていく」

生きていくという言葉を聞いて、また思い出した。祖父が生き延びてくれれば、あのことを告げなければならない。そして、もしも生きられなければ……。

フィアは胸をかきむしられる思いだった。

「あなたがいるほうがつらいのよ、サント。祖父に真実を告げるチャンスをあなたが狙っているのだと思うと」フィアは急にこの場から逃げだしたくなった。サントのたくましい体から。圧倒的な存在感を放つ彼から。「ルカの様子を見てくるわ」

「まだ寝てるよ。ルイジから電話がないんだから」

「遠慮してかけてこないのかもしれないわ」

「約束は必ず守るやつだ」

「わかってるわ。そういう問題じゃなくて、ルカにとって彼は知らない人よ。目が覚めたときに知らない人と知らない場所にいたら、心細いでしょう」

サントが何か言いかけたところへドアが開いて医者が入ってきた。

フィアは慌てた。「祖父に何か――」

「いいえ、話したいとおっしゃっているんです。本来ならまだ面会はできない状態なんですが、患者さんがどうしてもとおっしゃるので」

「すぐ行きます」ドアに飛びついたフィアを、医者が押しとどめた。

「患者さんが話したがっているのはミスター・フェラーラなんです」

フィアの膝が震え出した。「そんなことをしたら祖父は興奮してしまうわ」

「すでに興奮していらっしゃるんですよ。何かおっしゃりたいことがあって、それを言ってしまわないことには落ち着かないようです」

サントを行かせたら、あのことを告げるに決まっている。いまの祖父にそんなショックを与えていいはずがない。

しかしサントは平然とドアへ向かった。

フィアは追いすがり、小声で言った。「お願いだから、やめて。まだ言わないで。回復するまで待って」彼に遅れまいとすると転びそうになる。どう考えても、この面会がいい結果を生むとは思えない。祖父がサントに会いたがる理由は？　まだ、命を救ってくれたのが彼だとは知らないはずなのに。

病室へ入るなりフィアは息をのんだ。祖父の小さな体は、管とコードと器械に埋もれていた。

一瞬フィアは立ちつくしたが、すぐに温かくて力強い手が、しっかりと彼女の手を握った。

ベッドからかすかな声が聞こえ、見ると、祖父が目を開いていた。フィアはサントの手を振り払った。「おじいちゃん」目を合わせて安心させたかったが、祖父が見ているのはフィアではなくサントだった。

「大変でしたね」サントはゆったりした口調で言いながら、ためらいも見せずにベッドに歩み寄った。

「サント・フェラーラ」祖父の声は弱々しい。「あんたの考えを聞きたい」

息詰まる沈黙が流れる中、フィアはサントに祈るような視線を向けたが、彼はこちらを見ようとはしなかった。たくましい体は、ベッドに横たわる病人のそれとは残酷なまでに対照的だった。

「息子の父親になるつもりです」

時間が止まった。

信じられない。彼は本当に言ってしまった。「いったい何を――」

「待ちかねていたぞ！」顔は土気色をしていても、祖父の瞳は強い光を放っていた。「女を孕《はら》ませておいてそれきりとは、卑劣にもほどがある」

「何も知らされていませんでしたから」サントは冷ややかに答えた。「しかし、過ちはすみやかに修正します」

フィアは呆気《あっけ》に取られて祖父を見つめた。

「何だ?」祖父はぴしゃりと彼女に言った。「わしが気づいてなかったと思うか? わしがこの男に腹を立てているのはなぜだと思っていた?」

フィアは椅子に腰を落とした。「それは――」

「土地の問題だと思っていたのか? あるいは、おまえの兄のことか?」祖父は目を閉じた。「あれはサントのせいではない。わしはいろいろと間違っていた。間違っていたんだ。これでいいか?」

フィアの喉もとに熱いものが込み上げた。「もうやめて。いまはこんな話をするときじゃないわ」

「おまえはいつだって、波風を立てまいと懸命だ。人と人がなごやかな関係でいられるように、骨を折る。気をつけろ、サント。フィア一人に任せておいたら、息子は意気地なしになるぞ」祖父が激しく咳《せ》き込み出した。フィアは急いでブザーを押した。駆けつけた医者と看護師に向かって、祖父は近づくなというような手振りをした。目はサントを見据えたままだ。「薬をしこたま入れられて頭が働かなくなる前に――」祖父はしゃがれ声を絞り出すようにして続けた。「確かめておきたい。息子の父親になるとは、つまり、どうするんだ?」

サントはためらわなかった。「フィアと結婚します」

5

病院は大嫌いだ。

サントはプラスティックコップを握りつぶしてごみ箱に捨てた。

消毒剤の匂いが、父の死んだ夜を思い出させる。このまま帰ってしまいたい。一瞬、そう思ったが、すぐにフィアのことを考えた。あれから何時間もじいさんにつきっきりのフィア。ルカの存在を隠されていたのは腹立たしいが、あれもじいさんを思いやってのことだったのだ。だとすれば責めることはできないし、ここに彼女一人を置いていくこともできない。

小さく毒づくと、サントはいやな思い出ばかりが残る集中治療室へ向かった。

フィアは髪を乱し、青ざめた顔でベッドの脇に座っていた。緑の瞳で一心に祖父を見つめている。そうしていれば、自分の若さと生命力を、いくらかでも祖父にわけ与えられるとでもいうように。

これほど孤独な人間の姿を、サントは初めて見た。

いや、違う。船小屋に身を潜めていたフィアもこんなふうだった。つらいとき、誰かと一緒にいたがる者もいる。だがフィアは、一人でつらさに耐えるすべをあのころすでに身につけていた。

もしもいま、ベッドに横たわっているのがフェラーラの人間だったら、病室は親類縁者であふれ返っていただろう。サントの兄や姉だけでなく、おばやおじやいとこたちまでが押しかけて気を揉《も》んでいたに違いない。

「どんな様子だ?」

「鎮静剤とか、いろんな薬を点滴で入れてるみたい。最初の二十四時間が大事なんですって」フィアのほっそりした指が祖父の手を握りしめる。「もしいま目を覚ましたら、祖父はきっと怒るわ。手なんか握るんじゃないって。スキンシップが苦手な人だから。昔から、ずっと」

「何か食べたほうがいいんじゃないのか?」

「おなかはすいていないの」祖父を見つめたまま、フィアはかすれた声で答えた。「もう少ししたらルカの様子を見に行くわ」

「もう見てきたよ。ぐっすり眠っていた。ルイジも仕事を忘れて一緒に」

「ここへ連れてきて椅子で寝かせるから、あなたはもう帰って。ジーナに電話して来てもらうわ。ベンにも電話しないと。明日は彼に店を頼むつもりよ」

「その必要はない。〈ビーチシャック〉は当分のあいだ、うちの料理人にやらせることにした」

フィアの全身に緊張が走った。「この状況を利用してわたしの店を乗っ取るつもり？」

サントは苛立《いらだ》ちを抑えた。「バラッキ流の考え方はもうやめてくれ。きみの店を乗っ取るつもりなどさらさらない。きみが戻れる場所を確保しておこうとしているだけだ。じいさんを放っておいて、他人のためにいかをさばいたりする気には、まだなれないんじゃないのか？」

「ごめんなさい」フィアは視線を祖父に戻した。「それはありがたいわ。わたしはてっきり――」

「勝手に思い込むのも、もうやめてくれ」フィアがいつになく気弱になっているように思えて、サントは落ち着かなかった。落ち着かない理由はほかにもある。この体の反応だ。こんなときにその気になるとは、不謹慎にもほどがある。「今夜はこれ以上ここにいても、きみにできることはない。じいさんは眠りつづけるだろうし、きみまで倒れたら目も当てられない。そろそろ行こう。少しでも変化があったら連絡をくれるように、スタッフには言ってある」

「帰れないわ。何かあったときに間に合わないと困るもの」

「ぼくの家ならここから車で十分だ。いまから帰ればきみも少しは休めるし、ルカをまともなベッドに寝かせてやれる」

結局フィアは納得し、彼と一緒に病室を出た。

十分後には、ルカはサントのアパートメントのゲスト用ベッドルームに運び込まれ、巨大なダブルベッドの真ん中に横たえられた。

フィアが床にクッションを敷きつめるのを見て、サントは言った。「何をしてるんだ？」

「タイルの床に落ちたら危ないでしょう。ベビーモニターはある？」

「ない。ドアを少し開けておけばいい」部屋を出ていくサントに後ろからついてきながら、フィアはあちこちを見まわした。

「一人で暮らしているの？」

「ソファの下に女性を隠しているとでも？」

「一人にしてはずいぶん広いから」

「この広さと眺めが気に入ってるんだ。バルコニーは旧市街を一望できる。何か食べるか？」

「いらないわ」フィアは足早にバルコニーへ向かった。「鍵はかけないの？」ドアを開けながら言い、外へ出てからは鉄製の手すりに指を走らせ、地上からの高さを目で測った。

「すごく危ないわ。いまのルカは何にでもよじ登るのよ。ドアはロックして、鍵をあの子の手の届かないところに隠さないと」フィアが彼の脇をすり抜けたとき、ほのかに髪の香りがした。花の香りだった。フィアはいつも花の香りがする。

そんなことに気を取られる自分にサントは苛立ちを覚えた。次にフィアが目を留めたのは、周囲よりも一段低くしつらえられたリビングルームだった。「白いソファが気がかりか？　心配は無用だ。姪《めい》がすでに得体の知れないものをこぼしている。ぼくは気にしないよ。物より人のほうが大事だ」

「賛成だわ。それにわたしが心配してるのはソファじゃなくて、ルカのことよ。リビングルームに下りるための、あの段差。恐れを知らない二歳児にとっては落とし穴も同然ね」

「ルカはしっかり歩けるじゃないか。気をつけるよう言い聞かせればいい」

「床のタイルはさぞかし高級品なんでしょうけど、転んで頭をぶつけたら大怪我《おおけが》をするわ」

サントは参ったというように両手を広げた。「確かに、わが家はお子様仕様にはなっていない。それは認めよう。対策を立てるよ」

「どんな？　まさかリフォームするわけにはいかないでしょう？」

「必要なら、するさ。それまでは、本人に言い聞かせて用心させるしかないだろう」サントは愉快ではなかったが、フィアは人生で最も苦しい二十四時間を過ごしたばかりだ。しかも、倒れた祖父を発見した当初こそパニックに陥ったものの、その後は泣きも喚《わめ》きもしていない。驚くほど落ち着いている。涙を流すことを拒んだ少女は、やはり感情を押し殺す女性に成長したのだ。いまは、ほっそりした肩のこわばりにしか、彼女の苦悩を見て取ることはできない。「きみはいつもそんな調子なのか？　よくルカが神経過敏にならなかったな」

「育児放棄をしていると言ってわたしを責めたかと思ったら、今度は過保護だって言うのね。どっちなのか、はっきりして」フィアは細長いガラスの花瓶を手に取ると、高い棚の上へ移した。

「責めてなんかいないさ。ただ、そこまで心配しなくてもいいだろうと言ってるんだ」

「やんちゃな二歳児のいる暮らしが、あなたにはわからないのよ」

サントはかちんときた。「それは誰のせいだ？」あとになって悔やみそうな台詞《せりふ》を口にしてしまう前に、大股にキッチンへ向かった。激しい感情を抑え込むのに骨が折れた。

「謝るわ」キッチンの入口でフィアが言った。

「何を？」サントは戸棚の扉を開いた。「ぼくの息子を隠していたことを？　それとも、父親としてのぼくの資質を疑ったことを？」

「疑ったわけじゃないわ。活発な幼児にとって、独身男性の住まいがどんなに危険かってことを言いたかっただけ」肩の周りで髪を波打たせてたたずむ姿ははかなげで、放っておけないような気にさせられる。

怒りしか感じたくないのに、いまサントが抱いているのは、それよりはるかに複雑で名状しがたい感情だった。

あの夜、二人を接近させたのと同じ感情だ。

「とにかく、するべきことをしよう」サントはわざときっぱりした口調でそう言うと、戸棚から皿を取り出した。「それは食べることだ。何にする？」

「何もいらない。それより、そろそろやすませてもらうわ。ルカと一緒に寝るわね。目を覚ましても怖がらないように」

サントは、テーブルの真ん中にパンの塊をどさりと置いた。「誰が怖がるんだ？ きみか？ それともルカか？ あのベッドで寝ないと、ぼくのベッドに入ることになるとでも思っているのか？」

大きな緑の目がじっと彼の顔を見つめている。唇が語らないすべてを、目が語っている。船小屋にいるところを初めて見つかったとき、あの目は悲しみと畏れをたたえながらも、挑戦的だった。フィアはひと言も発しなかったが、言いたいことははっきりと伝わってきた。〝いいわよ、全部ばらしても。わたしは平気だから〟

だが、サントはそうはしなかった。

彼女が平気なはずはないと知っていたからだ。

フィアの感受性の強さを、サントは早くから察知していた。好きな色は何か、読書を好むかどうか、そんなことは知らなくても、彼女がわき立つ情熱を内に秘めているのは知っていた。そうしてとうとう、サントはそれに直接触れたのだった。この指が探った素肌の感触を、唇でなぞった全身の香りを、絡め合った舌の味を、いまもありありと思い出すことができる。

ふいに体の興奮を覚え、サントは彼女の腰から顔へと視線を戻した。

緑の瞳はしっとりと潤み、頬に赤みが差していた。

サントは冷蔵庫のドアを大きく開けた。この中に潜り込めば、頭も体も冷やせるだろうか。

なすの炒め煮《カポナータ》を出そうとしたとき、ある記憶がよみがえって、サントは眉根を寄せた。

フィアのことを何も知らないって？　いや、知っていることもある。彼は唇を引き結んだままカポナータをもとへ戻すと、羊乳チーズ《ペコリーノ》とオリーブを取り出した。それをパンの隣に置いて、手で示した。「ほら、食べて」

「おなかはすいてないってば」

「ぼくが生き返らせるのは一日に一人だけと決めてるんだから、自分で食べてくれ」パンをひと切れちぎって皿にのせ、ペコリーノのスライスとオリーブを添えてフィアのほうへ滑らせた。「きみのことはほとんど知らないが、ペコリーノは大好物だったはずだ」

フィアは眉間にうっすらしわを寄せて皿を見つめ、それからまたサントに目を戻した。

サントはため息をついた。「船小屋に隠れるとき、いつもペコリーノを持ってきていたじゃないか」

「食事をしに帰るのがいやだったから」フィアは乾いた笑い声をたてて皿を押しやった。「おかしいと思わない？　わたしはペコリーノが好きで、あなたは派手なスポーツカーが好き。お互い、相手について知っているのはひとつだけ。それなのにあなたは、結婚を提案しているのよ」

「提案しているんじゃない。決めたんだ。じいさんも賛成してくれている」

「祖父は考え方が古いのよ。わたしは違うわ。女だけど仕事は順調で、子どもも養っていける。結婚しても、お互いに得るものは何もないわ」

「ルカが得るものは大きい」

「愛し合ってもいない両親と暮らして、何が得られるの？　あなたはわたしを懲らしめようとしているんでしょうけど、最後にはあなたも苦しむことになるのよ。わたしたちの相性は最悪だもの」

「大事な一点における相性はとてもいい」サントは下卑た言い方をした。「そうじゃなければ、そもそもこういう事態には至っていない」

フィアの頬の色が濃くなった。「いくらシチリアの男とはいっても、あなたほど知性的な人が、結婚にいちばん大事なのはセックスの相性だなんて信じているんじゃないでしょうね」

サントは彼女と向かい合う席に腰を下ろした。「セックスの相性がいいことを認めてもらえたのは、喜ぶべきだな」

「ああ言えばこう言うって、あなたのことだわ」

「思ったことをきちんと言葉にしているだけだ。きみと違ってね。ぼくは沈黙には耐えられない。結婚とはわかち合うことだ。すべてをだ。感じたことを内に秘めたまま黙り込む妻はかんべんしてほしい。だから、はっきり言っておく。ぼくが求めているのはきみのすべてだ。洗いざらい、さらけ出してもらう」

「だったら、わたしじゃない人と結婚するべきね」

「幼いころから、きみは感情を押し殺すことによって自分を守ってきたんだろう。だが、本当のきみはそんな人間じゃない。氷のハートを持った女性にぼくは興味はない。ぼくが求めているのは、あの夜、船小屋にいた女だ」

「あれは……あのときのわたしは……どうかしていたのよ」

「いや、あれが本当のきみだった。あのときだけは、いつもの仮面をかぶることを忘れていたんだ」

「よく覚えていないわ——幕切れ以外は」

「そう、最後にはきみの兄さんがぼくの車を盗み、立ち木に激突して、終わった」サントはあえて直接的な物言いをしてみたが、それでもフィアの心を覆う壁は崩せなかった。

「あそこまでスピードの出る車を兄は運転したことがなかったから」

「ぼくだって、なかった。二日前に納車されたばかりだったから」

「ひどいことを言うのね」

だったら、怒れ。腹を立てろ。「彼の死をぼくのせいにするのも、同じぐらいひどいと思うが」

「わたしはそんなこと一度も言ってないわ」

「心の中では思ったはずだ。きみのじいさんもそう思った。ぼくのことを知らないときみは言うが、それならいまここで教えるから、知っておいてくれ。ぼくは本音を隠す人間が苦手だ。それと、もうひとつ。ぼくたちが生まれたときから当たり前にあった双方の家のいがみ合いは、いま、この場で終わりにする。今朝のきみの言葉に偽りがないとすれば、きみも同じことを望んでいるはずだ」

「それはそうよ。でも、何も結婚しなくたって家同士の関係は修復できるわ。家族の形はひとつだけじゃないでしょう」

「ぼくにとってはひとつだけだ。両親のあいだを行ったり来たりさせながら自分の子を育てるつもりはない」

フィアは無言だった。彼女に感情をあらわにさせることは結局できなかった。歯がゆさをこらえてサントは言った。「今夜はもう遅い。大人たちが大変だからといって、二歳児が朝ゆっくり寝ていてくれるものじゃないことぐらいは、ぼくにもわかる。ルカはいつも何時に起きる？」

「五時よ」

仕事の都合でサントがそれぐらいの時間に起きることはよくあった。「何も食べないのなら、早く寝たほうがいい。寝間着代わりになりそうなシャツを貸そう」

フィアの口もとに微笑が浮かんだ。「ゲスト用のセクシーな寝間着がずらりと揃《そろ》ってるってわけじゃないのね。世間の人たちが知ったらがっかりするわ」

「人を泊めるのは好きじゃない。すぐに自分の家みたいな顔をしはじめるから」サントはまっすぐフィアを見つめて続けた。「今回だけは引き下がるが、結婚したらもう自分の殻の内側へ逃げ込ませはしないから、覚えておいてくれ」

「わたしたち、結婚はしないわ、サント」

「明日また話し合おう。自分にはなかった家庭をつくろうとしたきみの努力は認めるが、人を雇う必要はもうない。ルカには本当の家族や親族が大勢いるんだから。みんなルカを大歓迎してくれる。ルカはフェラーラ家の一員だ。一日も早く正式にそうなったほうが、みんなのためだ」

「赤の他人同士も同然の両親に育てられるのがルカのためになる？」

「赤の他人同士じゃない。ぼくたちはどの夫婦よりも親密な関係の夫婦になる。きみの感情のバリアを、ぼくは必ず破ってみせる」

〝どの夫婦よりも親密な関係の夫婦になる〟

親密さなどかけらも感じさせない、冷たい台詞だった。サントはルカを隠していたわたしに激しく腹を立てている。そんな二人が親密になれると、彼は本当に思っているのだろうか？

わたしたちが結婚するのは、間違っている。

冷静になれば、きっとサントもわかってくれる。それぞれがルカと過ごせるような方法が、きっとある。たまには三人一緒に過ごしたってかまわない。

祖父の容態、ルカの将来、そして自分の身の振り方。心配ごとが多すぎて、夢の中でもおぞましいイメージが次々に現れては消えた。癇癪《かんしゃく》を起こした夫から逃れようと、キッチンの隅で身を縮める母。家を出る母。〝あなたを連れていったら、あの人が追いかけてくるから〟と言う母。残された八歳のフィア。溺死した父の葬儀で、祖父の隣にたたずむフィア。泣かなくちゃ、と考えているフィア。

目覚めると、ルカが隣にいなかった。一瞬、慌てたが、すぐに笑い声が聞こえてきたのでほっとした。そして、思い出した。ここは自宅ではなかった。危険な罠《わな》がいっぱいのサントのアパートメントだ。

フィアは急いでベッドルームを出た。ルカが戸棚によじ登ってはいないだろうか。電気製品の隙間に指を突っ込んだりはしていない？　しかし意外にもルカは、洒落《しゃれ》たインテリアのキッチンにいて、器用にブリオッシュを切りわける父親の手もとをじっと見ていた。

フィアはドア口で足を止め、信じられない思いで目の前の光景を見つめた。父親であろうとなかろうと、サントはルカにとって知らないおじさんだ。体が大きくて、威圧感がある。しかも、息子の存在を突然知ってからのサントはずっと不機嫌だった。彼がルカと接するときにもそれは態度に表れるとフィアは思っていた。けれどいま、ルカは怯《おび》えるどころか、嬉《うれ》しそうに笑っているのだ。

髪が濡《ぬ》れているから、サントはシャワーを浴びたばかりなのだろう。裸足《はだし》で、シャツも着ていない。きっとジーンズを身につけたところで、ルカにつかまったのだ。着ているもの——実際はほとんど何も着ていないのだが——以上に昨日のサントと違うのは、その物腰だった。緊迫した場面で強力なリーダーシップを発揮していたあの辣腕ビジネスマンと、本当に同一人物なのかしら。バターでべたべたになった息子の手を、とろけるような笑みを浮かべて拭いてやっているあの人が。

サントが腰を屈《かが》めてルカにキスをした。ルカがきゃっきゃっと笑うと、彼がまたキスをする。まるで、いくらキスしてもし足りないとでもいうように。

涙が込み上げてきて、フィアはドアの枠に寄りかかった。胸が締めつけられるようだった。ルカはあれを知らずに育ったのだ。どれほど懸命に〝家族〟をつくったって、本物の家族にはならない。ジーナにもベンにも、いつかはそれぞれの家族ができるだろう。

もしもわたしとサントが結婚したら、ルカには父親ができる。父親と、こんな毎日を過ごせるのだ。

サントはまだこちらに気づいていない。彼が流れるようなイタリア語で息子に話しかけると、フィアは知らず知らずのうちに固唾をのんでいた。ルカがイタリア語で答えたときには、誇らしさと、自分でもよくわからない感情で胸がいっぱいになった。

サントが身を乗り出すようにして、またルカにキスをする。フィアの喉もとに熱い塊が込み上げた。バターだらけの手で髪をつかまれても動じないサント。ルカの首筋に息を吹きかけて笑わせるサント。

「ママ！」母親に気づいたルカが、ブリオッシュを握りしめたまま椅子から下りて飛びついてきた。

ルカの頭越しに、フィアとサントの目が合った。

息子を抱き上げながら、フィアは喉の塊をのみくだした。髪もとかさずにベッドルームを飛び出してきたことが、急に気になりはじめた。寝乱れた髪に、彼に借りたシャツ。ありもしない二人の親密さを匂わせるような姿だった。

「おはよう《ボンジョルノ》」サントはにこやかに言った。家族同士の朝の挨拶みたいに。

上等なスーツを着込んでいなくても、サントは魅力的だった。肩の筋肉の盛り上がりや、平たく締まった腹部に、フィアの視線は引き寄せられた。

「フィア？」

「え？」

「ルカと話すときはどっちの言葉を使うのかってきいたんだ。英語？　それともイタリア語かい？」

「英語だけど――」フィアはうろたえながらルカを椅子に座らせた。「祖父はイタリア語で話しかけるわ。分担が決まっていたほうが混乱しにくいんじゃないかって」

「じゃあ、ぼくたちもそうしよう。きみは英語、ぼくはイタリア語だ。さっきもイタリア語で話しかけたんだが、ちゃんと理解しているみたいだった。とても賢い子だ」サントは誇らしげにルカを見つめてから、立ち上がった。女性なら誰もが見とれてしまいそうな、しなやかな身のこなしだった。マグを取るために彼が戸棚に手を伸ばすと、背中の筋肉が波打った。その背中に爪を立てたときの記憶がよみがえって、フィアの体が熱く火照った。

彼の動きのひとつひとつに目を奪われる。コーヒーをいれる手首のしなる筋肉にいたるまで、何もかもが男性そのものだ。対するフィアの反応は、女性そのものだった。

サントほど魅力的な男性を見たことがなかった。昔もいまも、それは変わらない。だからこそ、この状況が厄介なのだ。

彼がちらりとこちらを向いた。その瞳に意味ありげな光が宿る。フィアの心を読み取ったのだ。子どもを前にしながら、完全に大人だけの密《ひそ》やかな一瞬を二人はわかち合った。

そのつながりを断ち切りたい一心で、フィアはとっさに頭に浮かんだことを口にした。

「携帯の充電が切れたの。病院に電話したいんだけど、あなたのを貸してもらえる?」

「もう電話はかけた」ミルクと砂糖はどうするかともきかずに、サントはフィアのコーヒーをテーブルに置いた。「じいさん、まだ眠っているらしい。三十分後に医者が出勤してくるそうだから、そのころわれわれも行くと言っておいた」

われわれ?

ルカがするりと椅子を下りて父親の脚にしがみついた。サントがそれを抱き上げる。

「昨夜きみがあんなに心配していたわけが、だんだんわかってきたよ。ほんとにやんちゃなやつだ」

「だけど、あなたはうまく相手をしているじゃない。だからあなたがルカを見ていてくれれば、そのあいだにわたし一人で病院へ行ってくるわ」このままずっとサントと一緒にいたら、フィアは平静ではいられなくなりそうだった。息をするのも苦しいほど、彼の一挙手一投足を意識してしまうのだから。

サントがルカを床におろした。「ぼくも一緒に行く」

「一人で行きたいの」

「わかってる」サントの目に嘲りが浮かぶ。「一人で行動するのに慣れているんだろう。新たな習慣を身につけるには練習が必要だ。今日から練習を始めればいい。病院へはぼくと一緒に行くんだ。ほら、あとについて言ってごらん。〝一緒に行く〟」

フィアは自分のコーヒーを見つめた。「ミルクはある？　わたしはミルク入りが好きなの。あなたが知らないのは当たり前だけど。だって、あなたはわたしのことなんて何も知らないんだもの。わたしだって、あなたのことを何にも知らない。そんな二人が結婚するなんておかしいって言ってるのよ」しかし、フィアの声に昨夜ほどの強さはなかった。

「喧嘩《けんか》を売っても無駄だ。ぼくが勝つんだから」

フィアはため息をついた。「わかったわ。一緒に行きましょう。ただし、それなら電話を貸してもらわないと。ベンにルカを迎えに来てもらうわ。あの子がいると祖父が疲れるだろうし、小さい子をああいう場所で長時間過ごさせたくないから」

「賛成だね。そう思って――」玄関のほうが騒がしくなった。

「サント？」女性の高い声がしたかと思うと、濃い色の髪をした美しい女性が勝手知ったるといった足取りで現れ、サントに大胆なキスをした。「あなたったら」甘い声で言い、彼の頬を軽く何度か叩《たた》く。「隅に置けないわね」

「相変わらずきれいだ」

サントは笑顔で彼女の両頬にキスをした。彼の無神経さにあきれ、フィアはすっと立ち上がるとルカを連れて立ち去ろうとした。

そのとき、女性がこちらを向いた。信じられないものを見たという顔をして、彼女は両手で口を押さえた。そしてルカを抱き上げると、飛び跳ねるようにキッチンの中を移動しながら、ルカに早口のイタリア語で話しかけ、キスを浴びせた。ルカは、泣くどころかげらげら笑っている。

フィアは彼女の腕から息子をもぎ取りたかった。

サントを取り巻く女性は大勢いるらしいけれど、この人は彼の何なの？

新聞や雑誌で見かけて懸命に頭から消そうとしたサントの写真を、フィアは思い返した。黒髪の美女を伴ってタオルミナ映画祭に出席したサント。金髪美女と食事をするサント。自家用機から、赤毛の女性と腕を組んで降りてくるサント。

そのとき、ルカより少し年かさの女の子が飛び込んできて、サントの脚にしがみついた。

「だっこ！」

「抱っこして、だろう？」サントはその子を抱きあげ、女性に笑顔を向けた。「助かるよ。ありがとう」

「いつでも言って」彼女はルカを下ろすと、バッグを椅子に置いてフィアのほうを向いた。「おじいさんのこと、聞いたわ。心配よね。だけど、大丈夫。あの病院は一流だし、サントがにらみをきかせているから。ルカはわたしに任せて。あの子と早く仲よくなりたいから、すごく楽しみよ」

怒りがどうしようもなくわいてきた。サントは、自分の恋人の手にルカを委ねようとしているのだ。「いいえ、それは――」

「姉のダニエラ・フェラーラだよ。覚えているだろう？　厳密に言えば、ライモンドと結婚してフェラーラじゃなくなったが」サントは女の子を床に下ろした。「これは姉の子、ローザ。ルカのいとこってわけだ」

フィアが慌ててダニエラを見ると、彼女もまっすぐに見つめ返した。「ひょっとして……わたしのこと、知らなかった？」

「お姉さんがいるのは知っていたけど」フィアは小さな声で答えた。

「まあ！　じゃあ、誤解させちゃった？　姉として、弟を助けに来たのよ。ライモンドは駐車場に車を入れているわ。ルカはうちに連れていくわね。ローザの玩具《おもちゃ》がいっぱいあるから、そのほうがいいんじゃないかしら？」フィアの不安げな表情に気づいて、彼女はにっこり笑った。「いきなり知らないところへ連れていかれて、ルカが心細がるんじゃないかって思っているでしょう。そうよね。わたしだって同じ立場だったらそう思うもの。だけど、保証するわ。辛気くさい病院より、危険がいっぱいのこの家より、うちのほうがずっといいから。あなたは心ゆくまでおじいさんのそばにいてあげて。なんだったら、夕飯でも食べてくれればいいわ。二人水入らずでね」

「まるで独演会だな！　ぼくのことを自己中心的だなんて非難するけど、姉さんこそ、誰にも口を挟ませないじゃないか。会話っていうのは、言葉のやりとりなんだぞ」

「あら、わたし以外に、誰もしゃべろうとしていなかったじゃないの！」

「チャンスがなかったからだろう？　ライモンドはよく我慢できるな。ぼくだったら、姉さんと二人きりで二分もいたら、首を絞めそうだ」

「こっちが先に絞めるわよ」ダニエラはフィアに言った。「あなたはわたしのこと忘れちゃったかもしれないけど、昔、ビーチでちょくちょく会ったのよ」

いいえ、忘れたのではない。久しぶりだったからわからなかっただけだ。ダニエラはどこまで知っているのだろう？　サントは今回のことを家族にどう話したのかしら？

互いに気まずくて当然なのに、気まずさという言葉はダニエラには無縁らしい。娘にイタリア語で何やら話しかけると、ローザがちらりとルカを見た。そして、遊んでもかまわない相手だと判断したらしく、手をつないでリビングルームへ引っ張っていった。

「ほらね？　あの子たち、もう友だちになったわよ」子どもたちのあとを追いながらダニエラが言う。「あなたたちは結婚式の計画でも立てなさい。わかってる、サント？　いくら急な話でも、女性は結婚式で最高にきれいでいたいんだから、フィアをショッピングに連れていってあげるのよ。あ、それよりわたしがあなたのカードを預かって、彼女と二人で行くのがいいかも。あなた、買い物が嫌いだものね」

サントは姉をにらみつけた。「ルカの面倒を見てくれるのはありがたいけど、それ以外のことでは干渉されたくないね」

「順番が逆になったからって、ロマンスを省いていい理由にはならないのよ。女にとって、結婚する日は最高にロマンティックな一日じゃなきゃいけないの。覚えておきなさい」

顔を真っ赤にしたフィアを残して、ダニエラは子どもたちのところへ行ってしまった。

ロマンス?

サントとフィアのあいだにあるものが何であれ、ロマンスだけはない。好きでもない女性と結婚する羽目に陥った男が、どうしてロマンティックになれるだろう。

サントは残っていた自分のコーヒーを捨て、カップをテーブルに戻した。「あんな姉で申し訳ない。限度ってものを知らないんだ。それでも今日一日ルカを預かってもらえたら、いろいろと楽になる」

ならない。絶対にならない。楽になどなるわけがない。

いまも、この部屋の空気は張りつめている。サントと一緒にいて気持ちが楽になるなんて、あり得ない。常に神経を尖《とが》らせているから、つい過敏な反応を返してしまう。彼にちらりと見られるだけで、心臓の鼓動が速くなる。

神経を尖らせているのは、彼のほうも同じはずだ。「ルカを見てもらっているあいだに、きちんと話し合おう」

フィアは、父親に抱きしめられキスをされるルカを思い浮かべた。

「結婚の妨げになるものをいくらでも挙げるといい」サントの口調は穏やかだった。「ぼくがひとつひとつつぶしていくから。拒絶の言葉をきみが千個並べるなら、それが間違っている理由を千個並べてみせるよ」

「拒絶はしないわ」

「え？」

「あなたの意見に賛成よ。ルカにとってはわたしたちが結婚するのがいちばんいいって、あなた言ったでしょう？　わたしもそう思うわ」しっかりした声は出せなかった。「さっき……あなたたち二人が一緒にいるのを見て……確かに、ルカにとっていいことかもしれないと思いはじめたの」ああ、言ってしまった。もしも間違っていたらどうなるだろう。

沈黙が流れた。

「つまり、ルカのために、結婚するというのか？」

「もちろんよ。ほかにどんな理由がある？」

サントが大股に近づいてくる。

フィアは逃げずに踏みとどまった。だが、足を止めない彼に壁際まで追いつめられた。

サントは歯を食いしばるようにして、フィアの両側の壁に手を突いた。岩のような筋肉と男性ホルモンに取り囲まれたフィアは、彼の目を見たくないばかりにむき出しの胸を見た。それが間違いだった。あの夜を思い出してしまった。周りの景色が遠ざかる。彼のキッチンにいることをフィアは忘れた。入院中の祖父のことを忘れた。隣の部屋で遊ぶわが子のことを忘れた。

この世に存在するのは目の前の男だけになった。

「ぼくを見るんだ」従わなければ力ずくでも従わせられるのがわかっていたから、フィアは目を上げた。視線が絡み合った瞬間、胸の奥深くにうずめたはずの禍々《まがまが》しいものが解き放たれた。恐ろしくて、いままで直視するのを避けてきたものが。

サントに対する本当の気持ちが。

喘《あえ》ぐような呼吸をしながら、フィアは彼の瞳を見つめた。つややかなその瞳の色合いが、彼の気分に応じて変化する。

「結婚はルカのためだけにするわけじゃない。殉教者とベッドをともにするのはごめんだ」サントが頭を下げた。唇が、触れそうで触れないぎりぎりのところまで接近する。ささやくような声なのに、永遠に記憶に刻まれそうな迫力があった。「結婚するなら、完全な結婚をするんだ」

もし、いま唇を舐《な》めたら彼の唇に触れてしまう。キスをしてしまう。その感触を、わたしは知っている。この三年、忘れたことはない。「わかったわ。お互いのことを……知るようにしましょう」

「ぼくはきみについて多くを知っている。コーヒーの好みは知らなくても、ほかのことを知っている。思い出させようか？」

「いいえ」思い出させてくれなくてもいい。なにひとつ忘れてはいない。彼の唇の味も、指の動きも。それらの記憶が解き放たれ、自分が溶けはじめたのがわかる。全身に熱が広がっていく。彼の高まりをはっきりと感じる。

サントの手がフィアの顔を包んだ。あの夜、フィアを激しく乱れさせたのと同じ指が、彼女の顔を自分のほうへ向けさせる。「これからぼくは、きみのすべてを知ることになる。きみが隠している部分まで、何もかもだ。そしてきみにも、ぼくのすべてを知ってもらう」

6

個室へ移された祖父は、目覚ましい回復ぶりを見せた。フェラーラ家の力によって最高の治療を受けられたおかげでもあるが、生きようとする本人の意欲も並大抵ではなかった。孫娘の結婚を見届けたい一念だろうと医師団は言った。

「式場は〈フェラーラ・スパ・リゾート〉にしよう」病院から帰る車の中で、サントはフィアにそう言った。「うちの最高級ホテルで、立地も最高だ。内輪だけの式にするつもりだが」

それはそうだろう。世間に声高に宣伝できる結婚ではないのだから。

「ベンとジーナには出てもらいたいわ」

却下されるのを覚悟していたが、意外にもサントは首を縦に振った。「ああ。ルカにとって大事な二人だ。招待客に含めるよう手配しておこう」

すべて彼によって手配されるのだ。あるいは、彼の部下によって。

フィアが祖父のそばにいられるようにと、〈ビーチシャック〉にホテルの料理人を派遣することを決めたのもサントだった。フィアがときどきベンに電話をかけて様子を尋ねると、店はいたって順調とのことだった。ホテルから来た料理人は、サントの指示どおり、フィアのやり方を忠実に踏襲しているらしい。

店を人に任せることを勝手に決められて、本当ならフィアは腹を立てるべきだった。しかし現実的に考えれば、祖父が順調に回復しているのも、店の経営が安泰なのも、ルカが幸せな日々を送れているのも、すべてはサントのおかげなのだ。

結婚の決意が揺らぎそうになったときは、ルカと一緒のときのサントを見るだけで迷いは消えた。

「退院後も二十四時間態勢の看護ができるよう、優秀な看護師を三人雇った」交通量の多い通りを、サントはシチリア人らしいハンドルさばきで走り抜けていく。長年、フィアの唯一の移動手段は古い原動機つき自転車だった。それがいまは、どこへ行くにも贅《ぜい》を尽くした高級車だ。

「うちにそこまでの余裕はないわ」

「費用はぼくが出す」

「あなたのお金に頼りたくないの。祖父の面倒ぐらい見られるわ。十八のときから仕事をしてきたんですもの」

「ぼくと結婚しないとしても、育児と仕事をしながら年寄りの面倒を見るのは不可能だ」

「それをしている人はいっぱいいるわ。がんばれば不可能じゃないはずよ」

「ぼくの経験から言わせてもらえば、人はがんばりすぎると精神的に参ってしまう。妻にそんなふうになられるのは困るから、適切な援助を金で買うんだ。そうすれば、きみはほかの重労働のためにエネルギーを使える」

「それは寝室でなされるべき労働なんでしょうね」

「育児のことを言ったつもりだったんだが、ああ、確かにその点でもきみは忙しくなる。ぼくは貪欲な男だからね」サントは滑らかにギアを入れ替え、あっという間に前にいた車を追い越した。「きみを寝不足にさせてしまうかもしれないな」

からかわれているのかもしれないとフィアは思いはじめたが、サントをよく知らないのだから、確信は持てなかった。

何をされたわけでもない。言葉だけのやりとりなのに、フィアの体は激しく疼《うず》いた。自分でも戸惑うほどの激しさだった。そう、あの夏の夜、確かにサントは貪欲だった。けれどわたしも貪欲だった。いまとなっては、先に動いたのがどちらだったのか思い出せない。彼は彼の餓《う》えを満たし、わたしはわたしの渇きを癒した。彼がわたしをむさぼり、わたしが彼をむさぼった。

セックスのことは考えたくなかったから、フィアは話を変えた。「結婚同意書のことを忘れていない？　わたしのサインが必要でしょう。資産がたくさんある人は結婚前にきちんと書類をつくっておくものだわ」

サントは笑った。「あれは離婚に備えるためのものだ。ぼくは結婚とは永続的なものだと思っている。いったんサント・フェラーラの妻になれば、きみは永遠にサント・フェラーラの妻だ」

「離婚したくなるのはあなたのほうでしょう。わたしとの生活なんて楽しくないわよ」

「ある一点にかぎっていえば、お互い、おおいに楽しめるのはわかっている」

やはり彼はからかっているのだ。「そんなに精力旺盛なら、結婚なんてしないほうがいいと思うけど。一人の相手に縛られるなんて、耐えられないでしょう?」

「ぼくについていろいろ書かれているのを読んだんだな?」サントがこちらを向いてにやりと笑った。ぞくりとするほどセクシーな表情だった。「妬《や》かなくてもいい。これからはきみひと筋だ」低い声がフィアの胸を震わせた。彼の言葉には揺るぎない自信が満ちている。

サントが自信家になるのも無理はない。誰も彼に向かってノーと言わないのだから。フィアは、黙っていられなくなった。

「あなたはわたしを満足させられないかもね」フィアはさらりと言い、あえて彼の得意分野に踏み込んでみることにした。「わたしにだって性欲はあるのよ。あなたに負けないぐらいたっぷりと。あなたで満たされなかったら、ほかの人を求めてしまうかも」

急ブレーキの衝撃で、シートベルトにロックがかかった。

後続車からのけたたましいクラクションにもかまわず、サントはフィアのほうを向いた。ぎらつく目で見据えられ、彼女の脈が速くなった。

「冗談よ」フィアはつぶやいた。「あなたがわたしをからかうから、お返しをしようと思っただけ。考えてもみて。わたしの父は結婚当初から母を裏切ってばかりいたのよ。わたしが同じことをすると思う？」

サントはゆっくり息を吸い込んだ。「悪い冗談はやめてくれ」

「じゃあ、冗談はやめて真面目な話をするわ」ためらいつつ、フィアは続けた。「あなたがわたしと結婚するのはルカのためよね。愛し合って一緒になるわけじゃない。それはよくわかっているわ。だけどわたしはね、あなたがほかの女性と仲よくしてもじっと堪え忍ぶような、おとなしい女じゃないの」

サントは長いことフィアを見つめてから、車を発進させた。「おとなしい女には五分で飽きる。きみに堪え忍んでほしいとは思わない。過去はどうであれ、わが子の母親としてのきみに、ぼくは敬意を払っている。夫婦の絆《きずな》としては十分じゃないか。それと、きみの父親についてだが――」サントの声が険しくなった。「見下げ果てた男としか言いようがない。ぼくなら、自分の子を産んだ女性に対して、そんな仕打ちは絶対にできない。きみが心配する必要はない。ほかの女性に嫉妬する必要もない」

しゃべりすぎたことを悔やみながら、フィアは窓の外へ目をやった。「嫉妬なんかしてないわ」

「いや、してる。それだけきみが本気だということだから、ぼくとしては歓迎だが。どうぞ自由に浮気してくださいなんて言われたら、そっちのほうが心配だ。きみは感情の起伏が激しい女性だ。いいことだとぼくは思っている。ただ、それをもっと表に出してほしい。これからは〝船小屋でかくれんぼ〟は、なしだ。文字どおりであれ、比喩的な意味であれ」

車は、美しい邸宅の前庭に入っていった。フィアは驚いてあたりを見まわした。

「誰の家？」

「兄のクリスチアーノだよ。これからきみにウエディングドレスを選んでもらう。ダニエラと、兄の連れ合いのローレルもいる。いい人だ。姉みたいにおしゃべりじゃないし」

「お兄さん夫婦は別居しているって、何かで読んだけど」

「よりを戻したんだ。前よりもうまくいっているくらいだ。娘のエレナはダニエラのところのローザと同い年。その上に、去年養子にしたキアラって女の子がいる」サントはエンジンを切った。「ルカの家族はどんどん広がっていくだろう？」

「じゃあ、お兄さんたち、離婚はしないことになったのね」

サントは微笑を浮かべてフィアのシートベルトをはずした。「言っただろう？　ひとたびフェラーラの妻になったら、永遠にフェラーラの妻だ。覚えておいてくれ」

サントを愛しているから結婚するんじゃない。息子を愛しているからだ。式のあいだじゅう、フィアは自分にそう言い聞かせていた。本当にこれでよかったのかという思いが胸をよぎっても、にぎやかな大家族がルカを歓迎してくれる光景を目の当たりにすると、疑念は吹き飛んだ。ルカはフェラーラ家の人々にかわいがられ、いとこたちと遊び、父親にまとわりついた。サントの母親はフィアを力いっぱい抱きしめて、家族が増えて嬉《うれ》しいわと言った。開けっぴろげな人たちだった。惜しみなく愛を表現する人たちだった。

出口の見えない不況を報じることに飽き飽きしていたメディアは、この心温まる逸話に飛びついた。現実とは似ても似つかないロマンティックなラブストーリーがつくり上げられ、書き立てられた。新聞記事によれば、双方の家の長年にわたる確執ゆえに二人は密《ひそ》かに愛を育むしかなかったが、ついに両家は和解したのだという。見出しは、〝すべてを乗り越えた愛〟

フィアの祖父とクリスチアーノ・フェラーラが握手をした場面などは、メディアをいちだんと喜ばせるだろう。

「疲れたでしょう、おじいちゃん」祖父の隣の椅子に座りながらフィアは言った。「まだすっかり回復したわけじゃないんだから」

「心配するな。フェラーラがこれだけ医者や看護師を張りつかせてるんだ。何も起こりようがあるまい」

祖父が心の中ではサントに感謝しているのをフィアは知っていた。そしてフィアも、先行きにこれほどの不安を抱いていなければ、同じように感謝したことだろう。フィアは、夫となったハンサムな男をそっと見た。結婚は永遠だと公言するわりに、式で誓いの言葉を述べたとき以外、彼は一度も妻を見ようとはしない。まるで、現実を直視する瞬間を少しでも先へ延ばそうとしているかのように。これでゲストが帰って二人きりになったら、どうなるの？　ぎこちない会話をすることになるのかしら？　それとも彼は、さっさと眠ってしまうのだろうか？

祖父が珍しく笑顔になった。「ルカを見てみろ。あれでこそ男の子だ」

父親に足首を持たれ逆さにつり下げられたルカが、嬉しそうに笑っている。フィアの胃が縮み上がった。

「テラスに落とされないといいけど」

祖父はあきれたようにフィアを見た。「おまえは過保護すぎる」

「あの子に幸せでいてほしいだけよ」

「おまえはどうなんだ？　幸せなのか？」祖父がそんな質問をするのは初めてだった。フィアはどう答えればいいのかわからなかった。

幸せなはずだった。ルカに父親ができ、反目しあっていた二つの家が和解したのだから。

けれど、子どもへの愛情だけが頼りの結婚生活なんて、幸せではあり得ない。

サントはフィアの父親とは違う。息子を無条件に愛しているのは間違いないし、ルカはすでにフェラーラ家の温かさにすっぽり包まれている。

「結婚祝いにあの土地をサントにやるつもりだ」祖父はじろりとフィアを見た。「これで満足か？」

フィアは小さくほほ笑んだ。「ええ、ありがとう」

少しためらってから、祖父はぎゅっとフィアの手を握りしめた。初めての、はっきりとした祖父からの愛情表現だった。「おまえはいい決断をした。ずいぶんかかったがな」

ルカのためにはいい決断だった。でも、わたしにとっては？

よかったと言い切る自信はない。

やがて人の数がしだいに減りはじめ、祖父も病院のスタッフに促されて帰っていった。残っているのはごく内輪の肉親だけになった。フィアは孤独を噛《か》みしめながらテラスの片隅へ移動した。

「はい」ダニエラがシャンパンの入ったグラスを差し出した。「ちょっと飲んだほうがいいんじゃない？　フェラーラ家へようこそ。今日のあなたはいちだんときれいだわ。ドレスも最高。選んだわたしが言うのもなんだけど」彼女はグラスとグラスをかちんと合わせた。「あなたたちの未来に乾杯。幸せな未来が待っているわよ。いまはそんなふうに思えないかもしれないけど」

どうしてわかるのだろう。誰かに胸の内を明かすことには慣れていないフィアだったが、ダニエラが自分と親しくなろうとしてくれているのはよくわかった。「わたしって、そんなにわかりやすい?」

「ええ」ダニエラはフィアの肩にかかった髪をそっと払った。「あなたとサントのあいだにいろいろあるのは知っているわ。でも、大丈夫。きっとうまくいく。あなたたち、強い絆で結ばれているわよ。ルカを預かりにいったときに感じたの。二人とも、相手に触れずにいるのが大変みたいだった」

それは単なる肉欲だ。それに基づく結婚なんて間違っている。「彼はわたしに対してずっと腹を立てているの」

「サントらしいわ。何につけても喜怒哀楽が激しいの。とくに家族のこととなるとね。クリスチアーノもおなじ」

「でも彼は、わたしと結婚したくてしたわけじゃないから」つい、口をついて出た。「わたしのことなんてどうでもいいのよ」

「どうでもいい?」ダニエラはしばらくフィアを見つめていたが、やがてにっこり笑った。

「弟のこと、ひとつ教えてあげる。世間じゃどう言われているか知らないけど、あれで女性の好みはとってもうるさいの。しかも、一度結婚したらその相手と添い遂げるのが当然だと思ってる。だからね、あなたとならうまくやっていけるって確信したからこそ、結婚したのよ」

「わたしとうまくやっていけるかどうかすら、考えているとは思えないわ。ルカのための結婚だもの」

「だけど、一緒にルカをつくったんだから」ダニエラの口調はあくまで優しい。「二人を結びつける何かがあったのは間違いないわ。もちろん、あなたのことがどうでもいいなんて、あり得ない。今日だって、サントってば、あなたのほうを見ないでいるのに苦労してたじゃない」

「気がついてた？　そうなの、彼は一度もわたしを見なかったわ。わたしに関心がないからよ」

「いいえ、そうじゃない。自信家のサントが生まれて初めて戸惑っているのよ。いい兆候よ。何を感じてるのかはわからないけど、絶対に無関心なんかじゃないから」

　ダニエラがいとこに呼ばれて行ってしまったために、それ以上はきけなかった。今夜、ルカはダニエラの家に泊まらせてもらうことになっていた。息子と離れて過ごす夜を思うと、フィアの胸は苦しくなった。いますぐルカを抱き上げて、もとの家へ帰りたい。以前の暮らしに戻りたい。自分の気持ちも考えも、きちんと把握できていたあの暮らしに。

けれどもフィアは、ルカを抱きしめておやすみなさいと囁《ささや》くと、にこにこ顔でいとこたちと去っていく彼を見送った。本当は行かないでほしい。サントとのあいだのバリアになってくれるのはあの子だけだから。

「心配することはない。姉はあのとおりそそっかしいが、母親としては申し分ない」サントが隣にいた。いまやわたしの夫となったサント。富めるときも貧しいときも、わたしの夫たるサント。でも、貧しいときなどあるはずはない。フェラーラ家が裕福なのは百も承知だったが、それでも新生活の贅沢さにフィアは驚嘆せずにはいられなかった。このスパ・リゾートには、美しいコテージが付設されている。フェラーラという名の王冠に填《は》め込まれた宝石ともいえるアフロディーテ・ヴィラはプライベートビーチのはずれにあって、普段はロックスターや各国の王族に貸し出されている。それが、これからの二十四時間、サントとフィアの居場所になるのだった。恋人たちのために設計された空間で彼と二人きりになるのだと思うと、フィアはパニックにも近い焦りを覚えた。

「ルカを預かってもらう必要はなかったんじゃないかしら」フィアは遠くを見つめたまま言った。意地でもサントを見たくなかった。彼がこちらを無視するなら、お返しをするだけだった。「あの子に邪魔されたら困るようなロマンティックな夜を過ごすわけじゃないんだから」

サントは何も言わない。

戸惑ったフィアがちらりと様子をうかがうと、鋭く光る漆黒の瞳がこちらを見つめていた。

「本当にそう思ってるのか？」サントはフィアの頭の後ろに手をあてがい、顔と顔を近づけた。「抑え込んでいたものを思う存分解き放てるときがやっと来たんだ。そこにルカがいてもいいのか？」生々しい欲望をあらわにした声だった。「ぼくはもう限界だ。どうにかなりそうなほど耐えてきたんだ」

フィアはショックに目を見開いた。欲望をたぎらせているのは彼だけではなかった。体が溶けてしまいそうだとフィアが思ったとき、誰かがすぐそばで咳払《せきばら》いをした。

クリスチアーノだった。ダニエラと違って、彼はフィアに対して冷ややかだ。兄弟愛。そんな言葉をフィアはぼんやりと思い浮かべた。

明らかにしぶしぶサントはフィアの首筋から手を離した。「すぐ戻る。待っていてくれ」落ち着いた足取りで、彼は兄と一緒に姿を消した。フィアはその隙に外へ出た。サントの帰りを待つつもりはなかった。待って、それからどうなるというの？　彼はロマンティックな砂浜の散歩を計画している？　まさか。

ソーラーライトが照らす小道を、フィアは足早にたどった。沈む夕日に水平線が赤く染まり、蝉《せみ》の合唱と砂浜に打ち寄せる穏やかな波音だけが響いている。

すばらしい舞台装置だが、フィアの現実にはまったくふさわしくなかった。ふさわしくないといえば、ダニエラが選んでくれたクリーム色のウエディングドレスもそうだった。赤いドレスを着るべきだったのだ。危険を知らせる赤を。

ヴィラの入口で、自分を出迎えた光景を見るなりフィアは立ち尽くした。ロマンティックな夜のために入念な演出がなされているのは一目瞭然だった。海に向けてドアが開け放たれ、ベッドサイドではシャンパンが冷えている。いたるところでキャンドルの炎が揺らめき、豪奢《ごうしゃ》なベッドルームへ続く床には薔薇《ばら》の花びらが敷きつめられている。

シャンパンとキャンドルは耐えられる。

フィアの喉を締めつけたのは、薔薇の花びらだった。薔薇は男女の愛を象徴する花だ。サントとわたしの関係は、愛とは無縁なのに。

サントが店の厨房《ちゆうぼう》に現れたときから静かに膨らみつづけていた感情が、ついに弾《はじ》けた。キャンドルが醸し出すムードを消し去るために、フィアは照明のスイッチを入れた。次いで、箒《ほうき》を探した。愛の象徴を始末するための道具を。何もないとわかると床にしゃがみ込み、花びらを手ですくってはベッドの脇に集めた。

「いったい何をしてるんだ?」戸口で声がしたが、フィアは顔を上げなかった。顔を上げれば、思いのたけを彼にぶつけてしまいそうだった。

「何をしているように見える? 誰かの悪ふざけの痕跡を片づけてるのよ」花びらの山がそれ以上高くなる前に、サントがフィアを抱え上げるようにして立たせた。

「悪ふざけ?」

「そうよ。すごく残酷だわ。わたしたちの関係を嘲笑《あざわら》ってるのよ」

サントがいぶかしげに眉根を寄せた。「ハネムーン客を迎えるときと同じようにしてほしいと、ぼくが指示したんだ。短い時間とはいえ、これはぼくたちのハネムーンなんだから。それなりのことをしないで、おかしなうわさがたっても困る。ルカが傷つく」

なるほど。薔薇の花までルカのためだというわけね。すべてはルカのためなのだ。

「だけど、あの子はここにいないでしょう? 記者だっていないわ。だから薔薇なんていらないのよ」

サントはフィアの肩を押さえる手に力を込めた。「なぜそんなに薔薇にこだわる? 深い意味はないいじゃないか」

「そのとおりよ! 何の意味もないのよ! 薔薇なんて、わたしたちには何の意味も——」フィアは身をよじって彼から離れた。「それがわからないなら、あなたは誰よりも鈍感な男よ。わたしは白いドレスを着て、結婚式ごっこにも耐えたわ。本当はこぢんまりした式にしてほしかったのに」

「十分こぢんまりしていたじゃないか」

フィアは聞いていなかった。「記者がロミオとジュリエットの話を持ち出しても、わたしは口をつぐんでいた。ちなみに、あの物語にたとえるのはどうかと思うわ。だって、最後には二人とも死んでしまうんですもの。とにかく、わたしがあなたと結婚したのは、あなたを愛しているからじゃない。ルカを愛しているからよ。あの子はあなたが大好きなの！　あの子のためならわたしはなんだってする。親子三人でいるときは、いい妻にもなる。だけど、あなたと二人きりなら……話は別よ」急に疲労を覚えて、フィアは額に指を押しあてた。「知ってる？　わたし、あなたって偉いと思っていたのよ。これが便宜上の結婚だってことを隠そうとしないんだもの——ほとんどあなたにとっての便宜なわけだけど。それなのに、よりによって……薔薇の花びらなんて……」

「いいかげんにしないか？　薔薇の花びら、薔薇の花びらって」

「一生、薔薇はいらないから。覚えておいて。じゃあ、おやすみなさい。少しでも感受性というものがあるなら、あなたはソファで寝るでしょうね」

「確かな筋からの情報によれば、ぼくは誰よりも鈍感な男らしい。だから、どこで寝たっておかしくないわけだ。ちなみに、ここから逃げ出そうなんてことは考えないほうがいい。すぐに連れ戻すだけだから。こっちを見るんだ」

フィアは彼の顔を見た。濃密な光をたたえた瞳をのぞきこんだ瞬間、長い眠りについていたフィアの一部が目を覚ました。フィアは幼いころから感情を抑制するのが習い性になっていたが、すべてを解き放ったことが一度だけあった。それは、この男性に対してだった。ルカを宿したあの夜、理不尽なほどの欲望がフィアの体と心を揺るがした。そしていま、あのときと同じことが起きようとしている。

明るい照明の下では、彼の目に宿る淫靡《いんび》な光も体の高まりも、見間違えようがなかった。フィアの体が即座に反応したことも、隠しようがなかった。

サントが〈ビーチシャック〉を訪れたときから、それぞれの中で目覚めの瞬間を待っていた欲望だった。もはや押しとどめるすべはない。キャンドルのせいでも薔薇のせいでもない。自分たちでは抑えられない、根源的な強い力が突き上げてくる。

動いたのは二人同時だった。ぶつかり合うようにして抱き合うと、サントが両手でフィアの顔をはさんでキスをした。フィアが彼のシャツをつかみ、サントが彼女のドレスの裾をめくり上げる。ドレスを脱がされるあいだだけ唇が離れたが、すぐにまたむさぼるようなキスが始まった。大きな体がフィアを壁際へ押しやる。熱い舌と舌を絡めながらフィアは彼のズボンのファスナーを探った。はやる手でそれを下げると、今度はサントが素早く彼女を裸にした。

ほとばしる欲望がフィアの肌を焼き、四肢の力を奪い去る。もう何も考えられない。本能だけが叫びをあげる。一糸まとわぬ姿でいるのに、恥ずかしくない。早く、早く。早くして。頭にはそれしかなかった。

サントがそれに応えた。

脈打つ首筋に彼の唇が這《は》い、フィアの背が大きくのけぞる。

「ああ、フィア、きみが欲しい」サントの手がフィアの両脚のあいだに伸びる。巧みな指に探られて、彼女は喘《あえ》いだ。

「サント、もう――」

「わかってる」体ごと抱え上げられると、脚が自然に彼の腰に巻きついた。唇をまたむさぼり合う。

フィアはサントにしがみついた。脈打つ彼のものが肌に触れると、フィアはわれを忘れた。サントのキスはこのうえなく激しい。まるで、この瞬間は二度とめぐってこないとでもいうように。まるで、これが二人の生きている証《あかし》だとでもいうように。

助走などいらない。優しさなどいらない。激しく、早く、ひとつになりたい。

サントの指が腿の裏に食い込んだ。熱くて硬いものがフィアの中へ入ってきた。フィアは声をあげ、背中を反らし、体の奥深くでそれを迎えた。サントの欲望の奔流にのまれ、流され、ついによろこびの極みが訪れた。敏感な粘膜が猛々《たけだけ》しいものを包み込んで、彼を道連れにする。サントにも歓喜の大きな波が押し寄せた。

すべてをサントに預けて、フィアは喘いだ。

サントは片腕で彼女を抱え、反対側の手を壁に突いて自身の体を支えた。イタリア語のつぶやきをもらして額を腕にのせ、息を整える。

「これは予定外だった」彼は頭をもたげてフィアを見つめた。「怪我《けが》はないか？　壁に背中をぶつけただろう」

「大丈夫」フィアはぐったりしたまま答えた。「なんとか、無事よ」

心以外は。心の傷は、怪我のうちに入るのかしら？

だが、それについて考えている暇はなかった。床に下ろされ、手を離されたとたんに膝ががくりとくずおれた。サントがやすやすとそれを支え、自分のほうへ引き寄せた。ふたたび体が触れ合ったとたん、支えは誘惑に変わった。サントがフィアの首筋に顔をうずめる。フィアが彼の肩を抱き、強く体を押しつける。あれほど激しくのぼりつめたあとなのに彼のものは依然としてたくましく、それを肌に感じたフィアは、小さく喘いだ。

「ベッドへ――」

「遠すぎる」唇をむさぼりながら、サントはフィアもろとも横になった。

集めた花びらの山が崩れて床に広がった。サントが仰向けに横たわったのでフィアが上になった。唇を離すまいと上体を屈《かが》めると、サントが彼女の頭をつかんで舌を絡ませた。フィアの手の動きが大胆になる。締まったおなかからさらに先へ下りて彼の情熱の証をそっと握る。サントが彼女の腰に手を添え誘導したが、フィアはその瞬間を遅らせた。彼を、そして自分自身をじりじりと焦《じ》らす。彼の熱い先端が柔らかな部分に触れる。興奮にぎらつく瞳で見つめられると、もう我慢できなくなった。しなやかに腰を浮かせて、フィアは深く彼を包んだ。

「ああ……」歯を食いしばり、肩の筋肉を盛り上がらせて、サントはそれをフィアの深部《クリスト》へ打ちつけた。主導権はフィアが握るはずなのに、そうではなかった。サントがすべてを支配した。頂に達したフィアがサントの胸に倒れ込むと、彼がしっかりと抱きしめてくれた。

二人はしばらくそうしていたが、やがてサントが顔をしかめた。

「この体勢には無理があるな。移動しよう」

動くなんて無理だわとフィアは思ったが、サントはゆっくりと横向きになり片肘を突いた。

「血が出てるじゃないか！」

フィアは自分の腕を見た。「花びらよ。あなたにもいっぱいくっついてるわ」

サントは彼女をそっと床に座らせ、その体から花びらを払いはじめた。だが、すぐに立ち上がった。「この調子だとひと晩中かかりそうだ。シャワーで流したほうが早い」彼はフィアの手を引いて立たせると、シャワールームへと導いた。

シャワーのボタンを押すサントのブロンズ色に焼けた背中にフィアが見とれていると、彼が振り向いた。

「そんな目でぼくを見るなら、明日になってもベッドへたどり着けない」サントは彼女を引き寄せ、両手を髪に差し入れた。

顔に降りかかる湯がキスの熱さと一緒になって、フィアの息をつまらせた。濡《ぬ》れそぼる体と体が密着する。

フィアの肌に張りついた花びらをサントが流し、彼についたものをフィアが取り払う。手がまさぐり合い、唇がむさぼり合い、欲望が猛り狂った。

タイルの壁の、湯がかからないところへサントはフィアを押しつけた。唇がゆっくりと下りていく。巧みな舌に胸の先端をなぞられて、フィアの背が弓なりに反った。くねる腰を両手で押さえ、サントがキスを続ける。どちらも無言だった。シャワーの音と高い喘ぎ声だけが響く中、サントは思うさま彼女を翻弄した。まず指で。それから口で。フィアは切なげにサントの名を呼び、わが身をさらに彼に向かって差し出した。

「お願い……」腰を押しつけながらフィアが懇願すると、サントは体を起こして彼女の片足を持ち上げた。わななく肉の奥へ、サントは進んだ。熱く硬く、力強い彼のものが、激しく着実に、フィアを押し上げる。フィアは彼の肩に爪を立ててよろこびの声をあげた。

フィアの中でサントのこわばりが鼓動している。その律動にのって二人が上昇する。やがてフィアの快感が弾け、彼女の湿った部分がサントを強く包んで収縮した。それが彼を、同じ高みへと導いた。

満ち足りたフィアの頭が、彼の肩の上に落ちた。初めて知った深い快感に、フィアはただ呆然《ぼうぜん》としていた。サントにイタリア語でささやかれても、聞き取ることができなかった。

初めて、サントとひとつになれた気がした。

もしかすると、この結婚は間違いではなかったのかもしれない。フィアはぼんやりとそう思った。心をまったく伴わない、体だけの結びつきで、ここまでのよろこびが得られるものかしら？　彼とのセックスがこんなにすばらしいなら、ほかのことも、やがてはうまくいくようになるかもしれない。

頬を撫《な》でる彼の優しい手に、かたくなだった心がほぐされていくようだった。フィアはそっと頭を上げて彼を見つめた。伝えるべき言葉が見つからない。でも、サントがきっと言葉にしてくれる。その鮮やかな弁舌でビジネスを成功させ、女たちを虜《とりこ》にしてきたサントなのだから。いまのこの瞬間にふさわしい言葉を、きっと口にしてくれる。

片方の腕でフィアを抱いたまま、彼が手を伸ばしてシャワーを止めた。

水音がぴたりとやんだ。

フィアは固唾をのんで待った。人生の岐路に立っているのだと思った。これからサントが何を言うかで、二人の関係は大きく変わる。

「ベッドへ行こう」かすれた声で彼はそう言った。「今度こそ、ベッドだ」

望みを打ち砕かれて、フィアは青ざめた。「それしか言うことはないの？」

サントは意外そうに眉を上げた。「壁際、床の上、シャワールームときて、次はいよいよベッドだと思ったんだが、ほかのを試してみたいというなら、もちろんかまわない。しかし、きみも情熱的だな」

「あなたって人は――」サントに少しは好かれているかもしれないなどと一瞬でも思った自分自身に、腹が立つ。

「あなたなんて、大嫌いよ。知ってる？　サント・フェラーラ、わたしはあなたのことが嫌いでたまらないわ」しかしそう告げるあいだも、フィアにはわかっていた。これは真実ではない、と。だからなおさら腹が立つのだ。自分自身の気持ちがわからない。頭が混乱している。サントのことをろくに知りもしないのに、あんなに激しく……。

「激しいセックスは得てして女性を感情的にする」

「わたしが感情的になってるのはセックスのせいじゃないわ。あなたのせいよ！　あなたって人は、薄情で傲慢で、すごく……すごく……」

「セックスがうまい？」

「すごく嫌なやつよ！」胸が高鳴り全身が震える。気持ちを静めようと、フィアは深呼吸をした。深呼吸は効果があるはずだった。サントがこともなげに肩をすくめたりしなければ。

「冗談だよ」彼は平然と言った。「急にきみが深刻になったのは、ぼくたちのセックスの相性があまりによすぎて驚いたんだろう。だが、これは喜ばしいことだ。ここから夫婦の関係を築いていけばいい。ぼくにとってセックスは重要な要素だ。ベッドルームではぼくたちのあいだに何も問題はない。バスルームでも、床の上でも――」

「問題は大ありよ。セックスはセックスにすぎないわ。そこから築けるものなんて何もない。あなたが好きな、オリンピック競技みたいなセックスの場合はなおさらよ。あなたにとって、セックスは体だけの結びつきなんでしょう！　心はまったく関係ないんだわ」

「その〝体だけの結びつき〟が気持ちよくてこの三時間、きみは喘ぎっぱなしだったじゃないか」サントはフィアの背後に手を伸ばしてタオルをつかんだ。「これがオリンピックなら、ぼくらのチームは金メダル獲得間違いなしだ」

「わたしに近寄らないで」フィアはブロンズ色の胸板を両手で押したが、筋肉質の見事な裸体はびくともしない。「壁際のセックスも床の上のセックスもベッドでのセックスも、わたしはしたくない。どんなセックスもしたくないわ！　それ以前に、もう手も触れられたくないわ！」フィアは彼を押しのけるようにして棚からタオルを取った。薔薇の花びらは、湯でふやけてぼろぼろになっている。

まるでわたしたちみたい。すさんだ思いがフィアの胸をよぎった。ようやく、薔薇はわたしたちの象徴になった。

7

「ママ！」

ダニエラの手を振りほどいて砂の上を駆けだすルカを、サントは密《ひそ》かに見守っていた。フィアが満面の笑みで息子を抱き上げ、その場でぐるぐる回転する。

「会いたかったわ、ルカ！　いい子にしてた？」

惜しみない愛情表現を目の当たりにして、サントは歯ぎしりをした。ほんの一時間前の彼女は、サントと向かい合って朝食をとりながら、凍りついたように押し黙っていたのだ。ただの一度もサントを見ようとはしなかった。

あんなにも情熱的な夜を過ごしたあとで、フィアがなぜ不機嫌になるのか、サントには理解できなかった。

彼女はもっとロマンティックなハネムーンを期待していたのか？　しかし、大恋愛の末の結婚であるかのようなふりは、さすがのサントにもできなかった。薔薇《ばら》の件は失敗だったかもしれないが、それはすぐに忘れさせることができたはずだ。あれは最高のセックスだった。急な結婚だったが、想像していた以上に自分たちはうまくやっていけるかもしれないと、サントは力づけられた。なのになぜ、彼女はこんなにも不機嫌なんだ？

　愛らしいルカの笑い声がサントの思考をさえぎった。何をそれほど喜んでいるのかと首をめぐらせると、母と子は、砂の上で転がりながらくすぐりっこをしていた。ルカが小さな手でフィアの首をくすぐると、フィアは彼の期待どおりに笑い声をあげながら、必死に逃げるふりをする。それがまたルカを喜ばせる。サントは複雑な思いで彼らを眺めた。フィアは息子を愛している。それは確かだ。そしてルカは、サントの知らないフィアの一面を引き出す力を持っている。

　楽しげな二人に引き寄せられるようにして、いつしかサントもその遊びに参加していた。ルカが声をたてて笑い、身をよじった拍子に、サントの手がフィアの胸をかすめた。

　彼女はたちまち顔をこわばらせて立ち上がった。「仕事の電話をかけるんじゃなかったの？」

　あまりにもあからさまに態度を変えられて、サントはかっとなった。ルカが戸惑ったように二人を見比べている。サントはとっさにルカを抱き上げ、フィアの唇にキスをした。とたんに体が熱くなったが、自分自身の欲望は抑え込み、甘く軽やかなキスを続けた。

　サントが顔を上げると、フィアは頬を染め、息子同様の混乱した目をしていた。

「ああいうのはやめたほうがいい」サントは穏やかに言った。「子どもの前であああいう怖い顔をするのは」

「ママ」嬉《うれ》しそうに言うルカに、サントはほほ笑みを向けた。だが、フィアが怒っているのははっきりわかる。

「そうだね。この人はきみのママだ」そしてこの人は、ぼくに腹を立てているんだ。「そろそろおうちへ帰ろうか」

フィアがさっと体を離して後ずさりした。「あなたのアパートメントへは戻らないわ。今日は店に出ないと。ルカも連れていくわ」

サントはルカを砂の上に下ろした。「確かに、お互い仕事がある。幸いルカはジーナによく懐いているようだから、きみが店に出ているあいだは、彼女に引き続き協力してもらおう」

「そんなこと、勝手に決め――」その唇にサントが指をあてがうと、フィアは口をつぐんだ。

「これからは、ぼくに感情をぶつけるのは二人きりのときだけにしたほうがいい」サントが穏やかに言った。「きみが決めたルールじゃないか。心配しなくても、ベッドルームではきみにどう挑まれようと受けて立つつもりだよ」指に触れる唇は温かかった。この口の中へ指を入れたいとサントは思った。指の次は舌を、それから……。

フィアの瞳が濡《ぬ》れたように光った。彼女がごくりと唾をのむのを、サントは見た。フィアは視線をすっとそらしてルカを見た。ルカは、両親をじっと見上げている。「あのアパートメントは子育てには向いていないわ。ああ、ルカ、砂を食べちゃだめ――」フィアは腰を屈《かが》めて砂を捨てさせると、ルカを抱き上げた。

「偶然だが、ぼくも同感だ。だからあそこを使うつもりはない」

「家へ帰ろうって言ったじゃない」

「家は五軒ある。当面ぼくたちが住むのは、入り江の家だ」

「あなたが育ったあの家？」

「環境は申し分ないし、建物もまだしっかりしている。半年前から手を入れていたんだが、当初の予定を少しばかり変えて、家族仕様にしたんだ。きみに喜んでもらえそうな家になったよ」サントは言葉を切った。「船小屋も含めて」

喜ばれるものとサントは思っていた。子ども時代の半分を、フィアはあそこに隠れて過ごしたのだ。船小屋はお気に入りの場所だろう。

ところが彼女は、喜ぶそぶりなど見せなかった。その頬にわずかに残っていた色さえ消え失《う》せた。もの言いたげだったが、いったん開いた口をすぐに閉じると、何かをこらえるような表情を浮かべてフィアは海を見つめた。

ふたたび口を開いたとき、彼女は冷静そのものだった。だが、サントのほうを見ようとはしなかった。「あなたがそこに住みたいなら、それでいいわ」

つまり、不本意だが我慢するということか。

「喜んでくれると思っていた」硬い声でサントは言った。「あそこに住めば、きみは仕事を続けられるし、じいさんの様子も見に行ける。そのうえで、ぼくと同じベッドで眠れるんだ」サントがそう言うと、フィアの頬にふたたび赤みが差した。だが、依然として視線は海に向けられている。「離れもあるから、ジーナにはそこへ来てもらって引き続きルカの面倒を見てもらおう」ルカのことを考えて、サントは喉もとまで出かかった辛辣な言葉をのみこんだ。「二十分後に出発だ」


気持ちの整理がつかないまま、フィアは店へ入っていった。ビーチでの優しいキスの記憶がよみがえるたび、あれはルカに見せるための演技だったのだと自分に言い聞かせ、忘れようとした。わたしたちのあいだに優しさなどありはしない。あるのは激しさだけ。激しい興奮があるばかり。それ以外には何もない。

喜ぶべきかがっかりするべきか、どちらなのかよくわからなかったが、〈ビーチシャック〉はフィアがいなくても相変わらず盛況だった。

「フェラーラのホテルから送り込まれてきた料理人、なかなかやりますよ。メニューはまったく変えていませんけど」ベンはそう言って、つややかななすが入ったかごを床に置いた。「いいなすでしょう？　ランチメニューにきのことなすのパスタ《パスタ・コン・フンギ・エ・メランツァーネ》を入れようと思って。

かまいませんよね？」

「いいわよ」仕事中はサントのことを考えずにすむと思っていたのに、そうではなかった。どんな作業をしていても、壁に体を打ちつけるようにして欲望を満たし合ったときの情景が繰り返し脳裏に浮かんだ。

「ええと……どうかしました？」ベンが背中をつついた。「心ここにあらずって感じですけど。火を使ってるんですから、危ないですよ。火傷《やけど》しちゃいますからね」

まさに、それだった。昨夜、フィアは火傷をしたのだ。この身を焦がした炎の熱は、まだ冷めきっていない。フィアはぎゅっと目をつぶった。めくるめくクライマックスへと導かれながら見た、たくましい肩の残像を、追い払いたかった。

「シェフ？　あの……フィア？」

フィアははっとわれに返った。「なに？」

「なんだか変ですよ」

「わたしは大丈夫よ」声がかすれた。「ちょっと疲れているだけ。さあ、集中しないとね」

フィアはなすの盛られたかごを見た。なすをどうするつもりだったのか、一瞬、思い出せなかった。思い出すのは、重ねられたサントの唇の輪郭と、彼の指の動きと……。

そんな状態の自分に腹が立ってしかたなかった。フィアがイタリア語で小さく毒づくと、ベンはでき上がった料理をそそくさと客席へ運んでいった。

だがジーナにはベンほどの気遣いはなかった。そして若い娘特有の好奇心を丸出しにした。「読みましたよ。密かに育まれていた禁断の愛、って記事」彼女は吐息をついた。「なんてロマンティックなのかしら」

そうじゃないわ。フィアは心の中で暗くつぶやいた。なすをスライスして油で揚げる。柔らかく、きつね色になるまで。あれはサントが自分でメディア向けに流した話だ。彼は息子欲しさにわたしと結婚しただけ。けれど世の女性たちはわたしを羨む。とびきりお金持ちで、並外れて仕事ができて、うんとセクシーな男性の妻の座を射止めた、と。

確かに、いましがた入り江の家に立ち寄ったときには、あまりの贅沢《ぜいたく》さにフィアは目眩《めまい》がしそうだった。海に臨んでいるという最高の立地を最大限に生かした改築がなされていた。ふんだんに使われたガラスが建物にモダンな印象を与え、中に入れば、大きな窓のおかげで海の絶景を堪能できるのだ。とりわけフィアが気に入ったのは、広々としたキッチンだった。フィアが好きに設計したとしても、きっとこういうキッチンをつくっただろう。単に調理をするだけの空間ではない。暮らすための場所、家庭の中心になる場所だった。ガラスのドアからテラスへ出られるようになっていて、そのテラスは果樹園に面している。朝食にオレンジが欲しいと思えば、ちょっと外へ出て、立ち並ぶ木からひとつもいでくればいいのだった。

この日の午後、フィアはルカを連れていったん新居へ戻った。夢のようなキッチンでルカに飲み物を飲ませたあと、家の中を自由に探索させた。明らかに自分のものとわかる部屋を見つけると、ルカは大興奮して叫んだ。

「おふねだ！」さっそく船の形をしたベッドによじのぼる。船にはカーテンでできた〝帆〟まで張られている。

「そうね、お船だわ」息子の輝く笑顔を見ていると、フィアも嬉しくなった。確かに、最高の子ども部屋だと認めないわけにいかない。少年の夢をそのまま現実にしたような部屋だった。

窓の下のベンチに並ぶクッションは、ひとつひとつに海にちなんだ絵柄が刺繍《ししゅう》されている。バスケットには玩具《おもちゃ》があふれ、本棚には、そのあたりの書店よりもよほどたくさんの本が並んでいる。

「あなたのパパは限度を知らないわね」そのひと言を口にしたとたん、この五分間は忘れていられた昨夜の情景が、また鮮やかによみがえった。本当に彼は限度を知らない。でも、わたしだって負けてはいなかった。壁、床、シャワー……。

「ママ、お顔、あかいよ」ルカにじっと見上げられて、フィアはわれに返った。

「ママ、暑いのよ」ルカの手を引いて隣の部屋へ入ってみると、そこは客用のベッドルームらしかった。小さなバルコニーから、プライベートビーチがすぐそこに見える。

「ママのベッド」ルカが嬉しそうに言ってまたよじのぼり、ベッドの上で飛び跳ねた。

はっとして、フィアはしばらく息子を見つめていたが、やがてほほ笑んだ。「そうね」ゆっくり言う。「これをママのベッドにすればいいんだわ。なんていい考えかしら」

サントと同じベッドを使わなければいけない理由なんて、どこにもないのだ。

ルカが子ども部屋であちこちかきまわしているあいだに、フィアはマスターベッドルームから客用のベッドルームへ自分の衣類を移し、そのあとルカを風呂に入れた。海をテーマにした部屋には、ちゃんと海をテーマにしたバスルームがついている。それから絵本を読んでやり、あとを使用人に任せて、夜の営業のために店へ戻った。

忙しく立ち働くうちに、気持ちはしだいに晴れていった。朝から一度もサントを見かけないのは、彼もビーチクラブ刷新プロジェクトやらで忙しいのだろう。この分なら、うまく暮らしていけるかもしれない。用心すれば彼と顔さえ合わせずにすむかもしれないし、仕事に忙殺されれば、彼のことを考えるのもやめられるかもしれない。

それを試す意味もあって、フィアは仕事に打ち込んだ。料理をつくり、客の相手をし、スタッフと協力し合ううちに、一日が終わった。

家へ帰る途中、フィアは足を止めてビーチのはずれに立つ船小屋を眺めた。昔、寂しいときに慰めを求めて身を隠した場所。だけど、空虚な結婚生活ほど寂しいものがあるだろうか。しかも、その寂しさはまだ始まったばかりなのだ。

家の中は静かだった。使用人は離れの自室へ引き上げたらしい。

サントが戻っている気配もない。

フィアはほっとしながら客用のベッドルームへ入った。シャワーを浴びて、大きなベッドに横たわる。一日中立ちっぱなしだったから、足が痛んだ。

うとうとしかけたときだった。ドアがいきなり開いて部屋に光があふれた。

獲物を追いつめたハンターのような目をして、サントが部屋の入口に立っていた。「かくれんぼは子どもの遊びだ。大人がするものじゃない」

「かくれんぼなんてしていないわ」

「だったら、なぜこんなところにいる？　疲れて帰ってきて、妻を捜しまわるはめになるとは思っていなかった」ぞっとするほど声は低く、まなざしは険しい。

「寝ないで待っていた奥さんが、お疲れさまって言ってスリッパを出してくれるとでも思っていた？」

「きみがここで寝ることをぼくが許すとでも思っていたのか？」

「ここで寝るとわたしが決めたのよ」

「きみの寝場所はぼくのベッドだ。今夜も、明日も、そのあともずっと」サントはあっという間にシーツをはぐと、フィアを抱え上げた。

「下ろして！　野蛮人みたいな真似《まね》はやめて」フィアはもがいたが、サントの力にかなうはずはなかった。「ルカが目を覚ますわ！」

「それなら、叫ぶのをやめるんだ」

「見られるわよ！」

「父親が母親をベッドへ運んでいるんだ」サントは大股にマスターベッドルームへ向かった。「両親が一緒に寝るのを子どもが知って、何が悪い？」彼はドアを足で蹴って閉め、巨大なベッドの真ん中にフィアを下ろした。

起き上がって逃げようとするフィアに、サントが覆いかぶさった。彼女の両腕を万歳の形にさせて片手で押さえる。

「何をするつもり？」

「ベッドでのセックスさ」サントは欲望をたぎらせた瞳でフィアを見つめ、唇が触れ合わんばかりに顔を近づけ、囁《ささや》いた。「まだベッドではしていなかったじゃないか。ぼくは新しいことを試すのが好きなんだ。きみは？」

「ベッドでセックスなんてしたくないわ」下半身が急に熱を帯びたのに気づきながらも、フィアは歯を食いしばり、顔を背けた。「どんなセックスも、したくない」

「ぼくにどんな気持ちにさせられるかわからないから、怖いんだろう？」

「わたしが使ってる中でいちばん切れ味の鋭いナイフでもって、あなたを切り刻みたい気持ちにさせられるに決まっているからよ」

サントは笑った。

フィアは顔を横に向けようとしたが、サントのあいているほうの手に顎をとらえられ固定された。口が彼の唇で覆われる。

たちまち唇から全身に熱が広がっていく。押さえつけられたままフィアはうめき、全身でもがいた。「あなたと同じベッドで眠るのはいやなの」

「心配いらない。眠るのはまだまだ先の話だ」彼の手がナイトウェアの裾から潜ると、フィアは自分の手を自由にしようともがいた。

「離して！」

答えるかわりに、サントは指を彼女の中へ差し入れた。

とたんに体に火がついた。両手が使えないフィアは、腰をくねらせることしかできなかった。けれど抗《あらが》えば抗うほど、サントの指にかき立てられた炎は大きくなった。

「ああ、フィア。一日中、このことばかり考えていたんだ」サントはうめくように言い、濃く甘いキスをした。「仕事にまったく集中できなかった。話は支離滅裂、決断力はまるでなし。こんなことは初めてだ。きみも今日はそうじゃなかったか？」

「全然——」溺れる者の必死のあがきだった。「あなたのことなんか、ただの一度も思い出さなかったわ」

「きみはとんでもない嘘《うそ》つきだな」

サントがキスしながら笑っていることにフィアは気づいた。笑うと、唇が違った動きをするせいで、いっそう淫らなキスになる。

「嘘じゃないわ。忙しくて、あなたのことを考えている暇なんてなかった。そもそも、仕事中に思い出すほど特別なことなんて、わたしたちのあいだにあった?」

「なかったかな?」サントはフィアの手を解放すると、ベッドから下りた。彼女の脚を開かせ、すべてをさらさせる。

フィアはか細い抗議の声をあげて脚を閉じようとしたが、サントの手に阻まれた。彼の舌がその部分をとらえ緻密な動きが始まると、抗議のうめきはよろこびの喘《あえ》ぎに変わった。うずく腰を揺すりたくても、サントがそれを許さなかった。湿った舌が執拗《しつよう》にフィアを責めつづける。

快感はどんどん高まり、大きな波がすぐそこまでやってきた。

「きみは最高にセクシーだ。そばにいると何も考えられなくなる」サントが彼女の上になり、みずからを深くうずめた。

そして、動きを止めた。歯を食いしばり、静止したままでいる。

フィアはすすり泣きのような声をもらした。「どうしたの? ね、早く――」彼の背中に当てた手を下へ滑らせて促しても、やはりサントはじっとしていた。

「まだ、だめだ」激しいキスをしてサントは囁いた。「もっともっと欲しがるんだ」

彼の高まりがフィアの中で脈打っている。彼のあらゆる部分と同じく、そこにも力がみなぎっている。フィアが喘ぎ、懇願しても、サントは動かない。けれど彼も耐えているのだ。肩の筋肉があんなに盛り上がっている。息も乱れている。

「サント……お願い」体が燃えるようだった。ほかのことはもうどうでもかまわない。望むのは、これだけ。「早く……」

サントはフィアのヒップの下に手を滑らせて、さらに奥へと身を進めた。「今日、ぼくのことを考えたか?」

息も絶え絶えにフィアは答えた。「考えたわ。一日中、考えていたわ」

「仕事に身が入らなかったか?」

「ええ。サント、ああ——」

これ以上は我慢できないとフィアが思ったとき、サントがゆっくりと動きはじめた。どうすれば彼女に最大のよろこびを与えられるか、彼は正確に知っていた。

促されて彼の腰に脚を巻きつけ、背中を大きく反らしたフィアは、狂おしい恍惚《こうこつ》にわれを忘れた。サントも同じだった。フィアは歓喜の海にたゆたいながら、彼の自制心が本能に取って代わられたのをうっすら感じた。

全身を貫く稲妻のような絶頂がフィアを襲った。同時にサントも、わななく肉体に屈して激しく果てた。

前夜のめくるめくような営みのせいでいつもより遅い時間に目を覚ましたフィアは、ルカのことを思い出して慌てた。

子ども部屋へ駆けつけると、夢見心地な様子のジーナだけがいた。ルカの着替えも朝食の世話も、サントが出勤前にしてくれたという。

「完璧な男性ですよね」うっとりした声で言う。「シェフはほんとに幸せですよ」

フィアは唇を噛《か》んだ。自分が幸せだとは思えない。それどころか、ひどく愚かな女になってしまったと思う。彼に触れられただけで、何も考えられなくなってしまうなんて。昨日は、手の自由を奪われていた最初こそしかたなかったかもしれないが、手が使えるようになってからも、彼の頬を打ったりはしなかったし、なじりもしなかったし、出ていってとも言わなかった。そう、わたしは彼を求め、懇願したのだ。傲慢な彼をなじりもしなかったし、
ベッドルームへ戻ったフィアは、乱れたシーツにふたたびくるまって両手で顔を覆った。昨夜の自分を思い出すと、恥ずかしさにいたたまれなくなる。

あんなに淫らに、彼を求めてしまったなんて。ただでさえ自信家のサントを、ますます傲慢にさせてしまったに違いない。

そんなことを考えていると、電話が鳴り出したので応えた。「はい」

深みのある声が聞こえてきた。「体調はどうだ？」

気分なら最悪だけれど。「大丈夫よ」

「疲れているようだったから、起こさなかった」

あなたのせいでしょう。「ありがとう」フィアは電話を切る気になれなかった。ランチを一緒にとろうとか、何かそういう誘いがあるのではと期待した。ビーチでのピクニックでもかまわない。セックス以外の部分で夫婦の絆《きずな》を深めようとする意図が感じ取れる何かであれば。

「今日はゆっくり休養するといい。じゃあ、また夜に」フィアは絶望を感じた。サントは体の結びつきしか求めていないのだ。

それを思い知らされながらも、夜になるのを心のどこかで待ちわびる毎日が始まった。そんな自分がいやでたまらず、フィアはよりいっそうルカに愛情を注いだ。父親といるときのルカの嬉しそうな様子を見ると、気持ちが安らいだ。そんなときは、この結婚が間違いだったとはなかなか思えなかった。

しだいに、日々の習慣は定まっていった。もともと朝の早かったサントがルカと二人で朝食をとり、フィアは一時間ほど遅れて起きる。夫婦間にどんな問題があるにしろ、ベッドルームではいっさいそれがないのだから、彼女には十分な睡眠が必要だった。精神的な絆を求める気持ちを、フィアは意識して抑え込んだ。日中、二人が顔を合わせることがほとんどないのが幸いだった。サントはプロジェクトの指揮をとるため、ほとんどホテルにつめている。フィアは、ルカと一緒に早めの昼食をとったあと、ジーナに彼を託して、一日のうちで最も忙しい時間を過ごす。〈ビーチシャック〉の客は増える一方だった。ホテルの料理人は引きつづき来てくれている。正式に料理を学んだ人と一緒に仕事をするのは、フィアにとっておおいに刺激になった。

新居で暮らしはじめて二週間が過ぎた月曜日、ようやく半日の休みが取れた。ランチタイムの営業を終え、新しい料理を二品試作したあと、ディナータイムの仕込みをスタッフに任せてフィアはルカと一緒に帰宅した。サントが仕事に追われているのはわかっていたから、何も考えずにビキニに着替え、ルカを連れてプールに入った。

母親にしがみついていたルカが、水中で足をばたつかせた。目はフィアの背後に向いている。「パパ」

「パパはお仕事よ」ルカの体をしっかり抱えて、フィアは笑顔で言った。

「お仕事じゃないぞ」フィアがぎょっとして振り向くと、携帯電話を手にしたサントがいた。磨き上げられた靴から、ぴったりフィットしたスーツまで、身につけているものすべてが華々しい成功を物語っている。デッキチェアに携帯をぽんと投げると、彼は言った。

「暑い午後にふさわしい過ごし方だな。仲間に入れてもらおう」

「スーツを着てるのに?」ビキニの胸もとが気になって、フィアはルカを抱きしめた。

サントはにやりと笑うと、あっという間にジャケットを脱ぎネクタイをはずした。「こんなものはすぐに脱げる」

言い争う気はフィアにはなかった。それより、早く立ち去ってもらいたい。「でも……仕事はいいの？」

「ぼくは経営者だ」ジャケットに続いてシャツも脱ぐ。「時間は自由になる。毎日、ルカが昼寝をする前に二人で過ごすんだ」

フィアには初耳だった。「毎日？」

「もちろんさ。なぜ驚く？　ぼくは仕事一辺倒の父親になるつもりはないよ」

「だけど、しなきゃならないことがたくさんあるんでしょう？」

「有能な部下もたくさんいる。一時間ぐらいぼくが息子と遊んだところで、支障は生じない」

「毎日そんなふうに過ごしていたなんて、全然知らなかったわ」

「ルカと過ごしそこねた二年半を取り戻すために、家族と一緒の時間をつくりたい。そう思うのは間違っているか？」

「いいえ」罪悪感がフィアの胸をよぎった。「ルカにとってもそれはいいことだわ。わたしは邪魔しないほうがいいわね」息子との貴重な時間を横取りされたとは、思わないようにしよう。フィアがプールの梯子《はしご》に向かって歩き出すと、サントが眉根を寄せた。

「どこへ行く？」

「家族と過ごしたいんでしょう？」

「きみも含めてだ。妙に気をまわすのはやめたほうがいい。二年半ルカと過ごしそこねたと言ったが、ぼくは事実を述べているだけで、きみを責めているわけじゃない」

「父と息子、水入らずのほうがいいでしょう」サントがそばにいるといつもの自分でなくなってしまうのが、フィアには不本意だった。いまも脚の震えと胸の高鳴りがやまない。

「そのまま、そこにいるんだ。もし出たら、もう一度放り込む」トランクスだけになってプールハウスに姿を消したサントは、すぐに水着に着替えて現れた。

フィアの口が干上がる。

潤んだ目で一瞬フィアと見つめ合ったあと、サントはうっすら笑った。

「心配しなくてもいい」視線をフィアの体からはずして、プールのほうへ歩いてくる。

「接近したって、たまにはお互い裸にならずにいられるはずだよ」

「はだか！」ルカがはしゃいだ声で言ったので、フィアは顔をしかめた。

「気をつけて。真似してほしくない言葉ほど真似するんだから」サントの派手な飛び込みに備えて、フィアはルカを抱きしめて端へ寄った。昔、フェラーラ兄弟が岩場から海へ飛び込むのを一日中眺めていたことがある。サントはとても上手だった。それを覚えていたから、彼が静かに水中に身を沈めるのを見てフィアは驚いた。

その顔を見て、サントが眉を上げた。「子どもは大人の緊張を敏感に感じ取るものだ。プールに入り込んだ鮫《さめ》を見るような顔をしないほうがいい」

「てっきり、飛び込むんだと思っていたわ。しぶきがこの子にかかるんじゃないかって」

「ここはプールなんだ、フィア。濡れるのは当たり前じゃないか」

「水に対する恐怖心を植えつけたくないのよ」

「きみは水が怖いのか？　そういえば、きみが海で泳いでいるのを見たことがない」

「兄がわたしを海中に引きずり込んで離してくれないことがあったから」

何かがサントの目をよぎった。あれは、哀れみ？　それとも怒り？

フィアは身内を侮蔑されるのを覚悟したが、サントは黙って水に潜ると、彼女の目の前に浮上した。「水に対して自信がつけば泳げるようになるものだ。ルカにはまず、水の面白さを教えよう」サントはフィアからルカを抱き取ると、イタリア語でしきりに話しかけながら息子の体を水面で弾ませた。わざと顔に水がかかるようにしている。ルカは大喜びだ。たまに水中に沈められても、水面に出ればまた楽しげに父親に水をかけ返す。

フィアは悔やんだ。父と子から、わたしはこれを奪ってきたのだ。とんでもない間違いだった。「ごめんなさい」いきなり彼女が言うと、サントが動きを止めた。

「何が？」

「あなたに……ルカのことを黙っていて。わたしが間違っていたわ。この子にはわたしみたいな育ち方をしてほしくなかったから、自分の判断は正しいと思っていたの。でも、いまならわかる。あなたは子煩悩な人で、ルカはあなたと一緒にいるのが大好きなんだって」

「それはよかった。喜ばしいことじゃないか？　なのにどうしてそんな暗い顔をしてるんだ？」

「あなたに許してもらえるわけがないから」消え入るような声になった。

サントはじっと彼女を見つめていたが、やがて真顔で言った。「それはバラッキの考え方だ。フェラーラ流じゃない。過ぎたことにこだわって、わだかまりを持ちつづける。きみはもうフェラーラの人間なんだから、フェラーラ流でものごとにあたるべきだ。つまり、前へ進むんだ。過去から学ぶのはかまわないが、そうでないなら、ぼくたちの未来だけを見つめてほしい」

未来？　わたしたちの？

本当にわたしたちはこの先も家族でいられるのだろうか？　わたしはルカを愛している。サントもルカを愛している。でも、いまこうして三人一緒にいるのは、たまたまわたしが彼らの時間を邪魔してしまったからにすぎない。

そうであっても、きっといまの三人の姿は、はたから見ればなごやかな家族そのものだ。そう、わたしは子どものころ、こんな家族の一員になることを夢見ていた。その夢は、大人になったいまだって見つづけている。

ルカを肩の上に移したサントが、じっとこちらを見ていた。「言っておくが、もしもいまきみがプールから出たら、力ずくでも連れ戻す」

「出ようとしているって、なぜわかったの?」

「見ていればわかる。きみは常に片目で逃げ道を探している」

「だって、あなたとルカの時間を邪魔しちゃ悪いもの。昼間、あなたがわたしと過ごすことなんてなかったわ。朝早く起きてルカと食事をして、わたしを避けるように仕事に出かける。一度戻ってきて、またルカと過ごす。わたしとは、夜——」フィアはちらりとルカに目をやり、言葉を選んだ。「一緒に寝るだけ。わたしたちの関係はそれだけ。あなたにとってわたしは、暗いところでしか会わない相手なんだわ」

張りつめた沈黙が長く続いた。

サントが深々と息を吸った。「第一に、ぼくが朝早いのは、ルカが起きる時間に合わせるためと、気力も体力も使う仕事をしているきみをゆっくり寝かせるためだ。仕事に打ち込むきみには、本当に尊敬の念を抱いている。第二に、仕事に出かけるのはきみを避けるためじゃない。重要なプロジェクトを抱えているからだ。第三に、夜しかきみに会わないのは、二人が一緒になる時間がそのときしかないからだ。きみのことを、暗いところでセックスをするだけの相手だなどと思うわけがない。昼間のセックスできみが納得するなら、そうしてもいっこうにかまわない」

「せっくす」ルカがサントの髪を引っ張りながら無邪気に言った。サントは、しまったという顔をフィアに向けた。

「すまない」

「わたしが悪いのよ。この話を始めたのはわたしだもの。これからは気をつけて。運がよければ忘れてくれるわ」

ルカが、母親に向かって手を伸ばした拍子にバランスを崩した。サントがそれを支え、肩から息子を下ろした。「ママが逃げようとしてるみたいだから、きみに止めてもらわないと」そう言って、ルカをフィアに引き渡そうとした。しかしルカは父親から離れず、片方の腕をサントの首にまわしたまま、もう一方の腕をフィアのほうへ伸ばしてきた。

それに応えて息子の腕に抱かれると、必然的にサントに接近することになった。むき出しの脚と脚が触れ合った。フィアを見るサントの目に、よこしまな笑いが一瞬浮かんだ。

フィアはどきりとした。「玩具があるといいわね」どうでもいいことを口走る。「プール用の」

「そうだな」彼の視線はフィアに据えられたままだ。話を変えようとしているのを見透かされたかしら。「あとで買いに行こう」

「ルカはこのあとお昼寝よ」

その言葉を証明するかのように、水遊びで疲れたルカは、父親の肩に頭をのせて目を閉じた。

た。


「寝かせてくるよ」あっという間に寝入ったルカを抱いて、サントはプールを出た。

テラスを歩いていく彼を見送ってから、フィアもプールハウスで手早くシャワーを浴びた。

ちょうど体にタオルを巻いたとき、サントが背後へやってきた。

「ぐっすりだ。ああも簡単に寝つけるとは、羨ましいかぎりだな」

サントの見事な肉体に、フィアは目を奪われた。「ほんとね。じゃあ、わたしはもう――」

「どこへも行かせない」サントの唇が下りてくる。強い力でタオルを引っ張られる。

フィアが慌てて握りしめても無駄だった。タオルは床に落ちた。「何をするつもり？」

「暗いところでセックスするだけの関係じゃないことを証明するのさ」サントは囁きながらフィアの背中にあてた両手を下へ滑らせ、彼女をきつく抱きしめた。「昼間のセックスだ。壁、床――」唇が首筋を這《は》う。「シャワー、ベッド――」さらに下へ下りてくる。「次はプールというのはどうだ？」

「絶対に、いや――」最も敏感な部分を彼の指にとらえられ、フィアは喘いだ。

「じゃあ、向こうを向くんだ」

「え？」

「プール・セックスよりいいのを思いついた。デッキチェア・セックスだ。さあ、うつ伏せになって」体をまわされ前屈みにさせられたフィアは、バランスを崩した。両手をデッキチェアに突く格好になる。下半身が彼の目にさらされている。急いで起き上がろうとしたが、背中を押さえられて動けなかった。

「大丈夫」サントがそっと囁いた。「気持ちを楽にして、ぼくに任せて」

「サント……こんなの、だめ……」しかし彼の指は彼女の抵抗になどかまわず、そこを探り、まさぐった。フィアのためらいもすぐになくなった。頭がどうにかなってしまうと思ったそのとき、彼の熱いものが腰に触れた。力強い手でヒップを固定された次の瞬間、深く貫かれた。サントのかすれたうめきとフィアの細い喘ぎが混じり合う。

「ああ、きみは最高だ――」

返事などできなかった。わななく下半身を固定され、硬くて熱いもので突き上げられるごとに頂上が近づく。やがて、とてつもない熱が二人を包んだ。余韻にわななくフィアの体を彼がすくい上げ、シャワーの下へ運ぶ。「きみの思いつきはすばらしい」サントはかすれた声で言い、栓をひねった。「昼間のセックスもいいものだ。仕事中に休憩を取る口実がまたひとつ増えた。この調子だと、賭に勝つのは難しいかもしれない」

「賭?」シャワーに打たれながら、夢見心地のままフィアは聞き返した。「何の賭?」

「〈フェラーラ・ビーチクラブ〉をグループ内で最高のホテルにできるかどうかだ」サントはシャンプーを手に受けると、フィアの頭をマッサージするように洗いはじめた。「これは本人には絶対言いたくないが、兄に太刀打ちできる人間はまずいない。去年、兄が一線を退いたとき、みんな思ったはずだ。弟には現状維持が精いっぱいで、新しいことに手をつける余裕なんてないに決まっている、と。確かに兄は偉大だ。ぼくも心から尊敬している。しかしぼくだって会社の成長に貢献できるはずなんだ。それを証明したい」

「あなたは負けず嫌いですものね」

「確かに。だが、理由はそれだけじゃないんだ」サントはしんみりした声で言うと、シャワーを止めてタオルに手を伸ばした。「父が他界したとき、ぼくは高校の最終学年だった。兄はアメリカの大学で勉強していたんだが、父の跡を継ぐためにすべてをあきらめて帰ってきた。そして、それほど大きくもなかった会社を世界的に知られる企業にまで育てた。おかげで、姉もぼくも学業をまっとうできた。だからぼくが業績を上げたいのは、兄に負けたくない気持ちもあるが、それだけじゃない。自慢の弟だと兄に思ってもらいたいんだ」

　この人は、照れもためらいもなくこういうことが言えるのだ。じっと立ってサントに髪を拭かれながら、フィアはそう思った。男らしくない発言かもしれないなどとは考えない。家族に対する愛情を率直に表現する。ごく当たり前の顔で。フェラーラ家の人々はみんなそうだった。フィアはそれを遠くから見てきた。彼らは互いに支え合っている。みんなの人生が交差し、絡み合って、一枚の布が織り上げられている。糸の一本一本は弱くても、布になれば強い。

いまにして思えば、妊娠したことを黙っていたのは大きな間違いだった。本当にサントの言うとおりだ。わたしの考え方はバラッキ流だった。両家の不和は永久に続くものと思い込んでいた。実際は、フェラーラ家からは何度も歩み寄るための申し入れがあったのだ。ところが祖父は、それを侮辱と受け取った。

「父を亡くして家族みんなが参ってるとき、支えになってくれたのは兄だった。だから、今度はぼくが支えになりたいんだ。兄が兄自身の家族ともっと過ごせるように」

フィアは、結婚式でのクリスチアーノの様子を思い返した。背が高く、浅黒い肌の、どことなく近寄りがたい男性だった。「クリスチアーノはわたしを嫌っているわ。あなたがわたしと結婚したのが気に入らないのよ」

「兄が気に入らないのは、子どもができたことをきみが隠していた点だ。だが、それももう、済んだことだ。兄夫婦が別れる別れないで揉《も》めていたとき、ぼくはローレルにつらく当たった。あの二人のあいだに何が起きているのか、よく知りもしないで。概して男は、よその夫婦のことには疎いものだ」

「あなたたち三人は、本当に仲がいい兄弟なのね」

「それはそうさ。家族なんだから」

「あなたとこういう話ができるのは嬉しいわ」フィアは思わず言った。「わたしたち、こんなふうに普通の会話をしたことがなかったもの。三年前のあの夜も——」フィアは口ごもり、眉をひそめた。

「うん?」

「どちらもしゃべらなかったわ。ひたすら……衝動に突き動かされるばかりで。そして、電話が鳴って——」

「きみの兄さんが死んだ」

それについても、二人できちんと話し合ったことはなかった。

「兄があなたの車を盗んだことを、あなたは公にしないでくれた。ありがとう。お礼を言うのがずいぶん遅くなってしまったけれど」

「公にしたところで、何になった? 話がややこしくなるだけじゃないか」

「あなたの名誉を回復できたわ。祖父は、あなたが兄に車を貸したんだと言いふらしていたんですもの。それを信じる人がいたのが不思議でたまらないけど」フィアは肩をすくめた。「あなたの軽率さが事故を招いたような話になってしまって、わたしは申し訳なくてたまらなかった」

「じいさんは、孫が盗みを働いたなどと認めたくなかったんだ」サントは静かに言った。「さぞ悲しかっただろうと思う。死んだ孫はいい子だったと思いたい気持ちはよくわかるよ」

「だけど、世間の人たちはあなたのことを——」

「ぼくにとって大事な人たちは、真実を知っていた。世間の目なんて、ぼくはどうでもいいんだ」

彼には家族という大きな支えがあった。だが、フィアは違った。「悪夢のような日々だった。母が出ていったときより、父が亡くなったときより、苦しかった。祖父まで死んでしまうんじゃないかと心配したわ」

フィアは彼から離れてタオルを体に巻きつけた。

「祖父は自分を責めて責めて、自責の念に耐えがたくなると、今度は、あなたのせいだと言い出した。兄の手にあまる車を貸したあなたのせいだと。兄さんが車の鍵を盗んだのよって言っても、聞く耳を持たなかったわ。あげくに、若者が乗りたくてたまらなくなるような派手な車を買うやつが悪い、だなんて。祖父の口からは、あなたを罵る言葉が止めどなく出てきたわ。それが何カ月も続いたころ、わたしは自分が妊娠していることに気づいたの」

サントは腰にタオルを巻くと、眉根を寄せてフィアを見つめた。「心細かっただろう」

「そうね。誰にも話せなくて、どうしていいのかわからなかった。船小屋でのことがあってから、あなたからの連絡を心のどこかで待っていたんだけど」フィアは正直に言った。

サントはイタリア語で小さく毒づくと、フィアを抱き寄せた。「それなのにぼくは、きみは二度とぼくに会いたくないだろうと考えた。兄とも相談した結果、バラッキ家はうちとかかわりたくないだろうから、距離を置こうという結論に達したんだ」

「わたしとのことはクリスチアーノに話さなかったのね？」

「ああ。なにしろ、あのときは――」サントが言いよどむと、フィアはうなずいた。

「そうね。あのときはどちらもどうかしていたわ。だからわたしも、妊娠したことをあなたに言えなかった。誰にも言えなかった」

サントは彼女から手を離し、自分の首筋をさすった。「きみにはすまないことをした。きみの店の厨房《ちゅうぼう》でルカを初めて見た瞬間、かっとなったんだ。〝ぼくのものだ〟という思いで頭がいっぱいになってしまった。きみの言い分に耳を貸す余裕なんてなかった」

「それはいいの。ただね、妊娠をうち明けられなかったわたしの心情は、あなたが思っている以上に複雑だったのよ。それだけはわかって」

サントは腕を伸ばしてふたたびフィアを抱きしめた。「この結婚も、ぼくが強引に決めてしまった。きみにノーと言わせなかった」

「言おうと思えば言えたわ。わたしにも頭と口があるんだから。わたしがあなたと結婚したのは、あなたが強引だったからじゃないわ」

「じゃあ、なぜ？　最初は拒んでいたのに、なぜ気が変わった？」

「あなたがルカにキスしているところを見たから。あなたのアパートメントに泊まった翌朝、あなたがあの子に朝食を食べさせてくれたでしょう？　そこへわたしが入っていった。あなたとの結婚なんてとんでもないと思いながらね。そうしたら……あなたがルカにキスをしていたのよ。それを見て、気づいたの。ルカのためにいい家庭をつくろうとわたしがどんなにがんばっても、目の前のこれにはとうてい及ばないって。いくらベンやジーナが家族同然でも、本当の父親にはかなわないって」

「そう判断したことを後悔していないか？」

「してないわ。ルカはあなたのことが大好きで、毎日とても幸せそうだもの」

「きみは？　きみの毎日はどうなんだ？」彼の声はかすかに震えていた。「ぼくと結婚して、きみはどう感じている？」

わたしがどう感じているか？

いまは目眩のようなものを感じている。彼といるときはいつもそうだ。彼の意外な優しさに触れて心が温かくなった感じもする。そして、わたしは……。

幸せを感じている。彼と結婚してよかったと思う。ルカのためだけでなく。

鼓動が激しくなり、本当に目眩がしはじめた。フィアは彼から離れた。「わたしは大丈夫よ」

「大丈夫？　〝大丈夫〟とはどういう意味だ？　それじゃあきみの気持ちはわからない」

わたしはサントを愛している。この数週間のうちに、いつしかわたしはこの人を愛しはじめていた。

突然、そう気づいた。鋭い刃物を心臓に突き立てられたかのように、息ができなくなった。ああ、なんて愚かで向こう見ずなの。サント・フェラーラを愛するなんて。

サントが口もとをこわばらせた。「答えられないのが、何よりの答えだな。きみは自分の気持ちを二の次にする人だ。ぼくと結婚したのはひとえにルカのためなんだろう。しかし言っておくが、ぼくはこの結婚を失敗に終わらせるつもりはない。きみに幸せを感じさせたい。これからは二人で過ごす時間を増やそう。日中も時間をつくるから、きみもそうしてくれ」

沈黙を誤解してくれてよかった。なぜなら、本当の気持ちを彼に知られることだけは避けなければならないから。

けれど、おかげでサントには、わたしを楽しませるという余分な仕事が増えた。彼にとってわたしは〝するべきことのリスト〟の一項目になった。夫婦としての時間を持つことが彼の義務になった。

「あなたもわたしも忙しいんだから、いまのままの状態でいましょう。正直なところ、わたしはこれで十分よ」

「ぼくには十分じゃない。この結婚を完璧なものにするには、ぼくときみの関係を深める必要があるんだ」

彼が完璧な結婚を求めるのは、ルカのためだ。ルカのために、もっと夫婦の時間を持とうとしているのだ。

こんな屈辱ってあるかしら。

フィアは感情のスイッチを切った。もしもサントを愛していなければ自分はどう反応する？　それだけを考えた。

純粋に息子のためだけを思ってこの結婚をしたのだったら、わたしはいまの彼の言葉をどう受け止めるだろうか？

確かに、両親が互いへの理解を深めるのは子どものためになるに違いない。

「わかったわ」暗い声でフィアは言った。「二人の時間を増やしたいとあなたが思うのなら、そうしましょう」

8

翌朝フィアは、サントが開けたブラインドから差す光で目覚めた。

「おはよう《ボンジョルノ》」あきれるほど爽やかにそう言うと、サントはフィアの寝具をはぎ取ってローブを差し出した。

フィアは寝ぼけまなこで抗議のつぶやきをもらし、枕の下へ頭を突っ込んだ。「いま何時？」

「起きる時間だ」彼がすまして答える。「昼間一緒に過ごしたことがないときみが言ったんじゃないか。これからは改めるぞ、ねぼすけ《ドルミリオーナ》め」

「わたしがねぼすけだとしたら、それはあなたのせいよ。あなたが――」

「ほとんどひと晩中、妻を抱きつづけたりするから？」サントは枕をどけてフィアを抱き起こした。「きみの寝起きの悪さは相当だな。それでよく、毎朝ルカの相手ができたものだ。ぼくが早番を引き受けるようになってよかっただろう？　この結婚で得られたメリットのひとつだ。しかし、今朝は三人一緒だ」

彼はメリットを数え上げているのね。この結婚が間違いではなかったと言える根拠を、常に確認しておく必要があるとでもいうように。

サントが腕時計を見た。「食事のあと、打ち合わせが一件入っているんだ。出ないわけにはいかないが、すぐに終わる。そのあと、買い物に行こう」シャワーを浴びて髭《ひげ》を剃《そ》り、スーツに身を包んだ彼はあまりにセクシーで、いますぐベッドに引きずり込みたいとフィアは思った。

「ランチタイムには店に出ないと」

「今日はきみは休みだ。ぼくがシフトを変更しておいた。怒らないでくれよ」彼女の反応を予想して、サントは先手を打った。「ふだんはきみの仕事に口出しする気など毛頭ない。だが、今日はどうしてもきみと一緒にいたいんだ」

「シャワーを浴びるわ」

違う。いたいのではなくて、いなければならないと考えているのだ。ルカのために。

「コーヒーをいれて待ってる。ミルク入りだ。ぼくはきみの好みを知ってる」

「ありがとう」彼がこんなに一生懸命になってくれていることに心動かされるのが当然なのだろう。それなのにフィアは、彼が懸命にならなければならないという事実が悲しかった。夫婦の絆《きずな》は、もっと自然に生まれるのが本当ではないかしら?

テラスへ行くと、ジャケットを脱いだサントが息子としゃべっていた。彼らが一緒にいるところを見ると、いつもフィアの胸に温かいものが満ちる。

「ママ！」ルカが顔を輝かせ、サントが立ち上がって彼女のために椅子を引いた。

「ママも一緒にお食事するから、お互い、お行儀よくしないとな」

ルカにキスをしたフィアは、ブリオッシュと氷菓《グラニータ》という典型的なシチリアの朝食を見て眉を上げた。「あなたがつくったの？」

「いや、そうじゃない。〈フェラーラ・ビーチクラブ〉から運ばせたんだ。きみの意見を聞きたくてね。うちのホテルがきみの店に客をとられるのはなぜだろう？　料理がまずいのか？　それとも立地が悪いのか？　原因を知りたいんだ」

フィアは椅子に腰を下ろした。「わたしはホテル経営のことなんかわからないんだから、役に立たないわよ」

「だが、きみは料理のプロだ」サントは皿を彼女に手渡した。「メニューもここにあるから、見てほしい」

フィアはメニューを受け取って目を通した。「数が多すぎるんじゃないかしら」

「え？」サントが目を細めた。「選択肢を狭めろってことか？　しかし、幅広い好みに応じられるのはいいことだろう？」

「わたしの意見を聞きたいって言うから。必要ないならきかないで」

サントは大きく息をついた。「悪かった《ミ・ディスピアーチェ》。続けてくれ」

「ここはシチリアよ。誇りを持ってシチリア料理を提供すればいいと思うの。〈ビーチシャック〉は地元でとれた旬の食材しか使わないわ。毎朝、港に入る船から生きた魚を買って、それからメニューを決めるのよ」フィアはボウルのオレンジに手を伸ばした。ナイフを取って、赤と紫のまだらになった皮を慣れた手つきで剝《む》いていく。「シチリアで世界一おいしいブラッドオレンジが育つのは、朝晩と日中の寒暖の差が激しい気候のおかげなのよ。〈ビーチシャック〉ではね、店のすぐそば、お客様から見えるところでオレンジを育てているわ。目の前でもいで、絞ってジュースにするの」

「地元の新鮮な食材がいいのはわかる。しかし、ホテルで使うだけの量を全部それでまかなうのは難しいだろう」

「でも、そうすべきだわ。うちが取り引きしている生産者にきいてみてもいいわ。大量注文を受けてもらえるかどうか」

サントがコーヒーを注《つ》ぐ。「〈フェラーラ・ビーチクラブ〉のメニューの監修を正式にきみに依頼したいんだ」

「シェフが気を悪くしない?」オレンジをひと切れルカに与えながらフィアは言った。

「ホテルの業績が上がれば、スタッフのためにもなる」サントはコーヒーを彼女に差し出した。「おめでとう。きみはたったいま、わが〈フェラーラ・ビーチクラブ〉のエグゼクティブシェフに任命された」

フィアは半信半疑で笑い声をたてた。「あなたっておかしな人ね。すごく保守的かと思ったら、突然、進歩的な一面を見せる。結婚話が出たときにまず思ったわ。仕事をやめて家にいろと言われるだろうって」

「きみは家にいたいのか?」

果汁でべたべたになったルカの手を、フィアはナプキンで拭った。「この子のそばにはいたいけど、仕事も大好きよ。時間の融通がきく仕事でよかったと思うし、経済的に誰にも頼らずに息子を育てられるのは誇らしい。でも、ルカと一緒にいる時間がなくなるなら、仕事はあきらめるわ。正直なところ、あなたのところのスタッフが来てくれてとても助かっているの。いい人だしね」

「これからはいままで以上に自由に時間を使うといい。ただし、〈フェラーラ・ビーチクラブ〉のレストランの立て直しはよろしく頼むよ。まずはこれを食べてみてくれ」

まだ温かいブリオッシュを、フィアはちぎった。無意識のうちに断面の質感を観察してから口に入れる。「おいしいわ。ただ、ちょっとバターがくどいかも」自分のブリオッシュのほうがはるかにおいしいとわかって、ほっとした。そうでなければ困る。いまのレシピにたどり着くまで、どれだけ試行錯誤を重ねてきたかわからないのだ。「結婚した以上、あなたの成功はわたしの成功でもあるわけよね。わたしのとっておきのレシピをおたくのシェフに教えるわ」

サントの視線を感じつつ、フィアはスプーンを手にすると、細長いグラスに入ったグラニータを口に運んだ。

「すてきな盛りつけね」自分の店でのグラニータの出し方も考え直してみよう、とフィアは心に決めた。「完璧なグラニータをつくるのはすごく難しいのよ」

「水と砂糖と、この場合はコーヒー。それだけなのに？」

「アラブ民族がエトナ山の雪にシロップとジャスミンウォーターをかけて食べたのが始まりだと言われているけど」フィアはまたひと口、口に含んだ。「凍らせ方を間違えると、まったくの別物になってしまうの」

「これは別物かい？」

「悪くはないわ」今度は、グラニータとブリオッシュを同時に食べてみた。「もっとひどいのを食べたことがあるもの」

サントが顔をしかめた。「褒められた気がしないな。ところで、きみはどこで料理の勉強をしたんだい？」

フィアはゆっくりスプーンを置いた。「独学よ。母が出ていったあと、自然と料理はわたしの役割になって。もともと好きだったからよかったけど、失敗もたくさんしたわ。どれだけの食べ物がごみ箱行きになったことか。でも、そのうちそれも少なくなっていって、おいしくできたときにはレシピを書き留めるようになったの。ねえ、どうしてそんな顔でわたしを見るの？」

「料理をちゃんと学んだことがないって？　まったく？」

「当然でしょう。いつそんなことをする時間があったと思う？」フィアはルカのカップにミルクを注いだ。「大学にも行きたかったし、いろんな土地へ旅行して、いろんなシェフの料理を味わってみたかったけれどね」

面白そうにサントが笑った。「このブリオッシュをつくったシェフは、イタリアでも最高級と言われているレストラン二軒で修行を積んだんだ」

「その人はきっと、わたしみたいに失敗を繰り返したことがないんでしょう」

「本当にきみはがんばってきたんだな」サントはしみじみ言った。「母親に出ていかれ、父親に死なれ、兄さんまで亡くして、それでもきみはしっかり生きてきた。ただ生きているだけじゃない。仕事で成功し、かわいい息子と、ずいぶん丸くなったじいさんがいる。自分が育った家庭を反面教師にして、新しい家庭を築いている」

「あなたの家を真似《まね》ただけよ」

「一人でここまでのことを成し遂げたきみは、たいしたものだ。尊敬するよ。それなのに、ルカの存在を初めて知ったとき、ぼくはいろいろとひどいことを言った。すまなかった」

「謝る必要なんてないわ」フィアはつぶやいた。「あなたの気持ちは理解できるもの。家族を本当に大切に思っているんでしょう。そういう環境で育ったんですものね。わたしとは大違い」

サントは真剣な面持ちでフィアを見つめた。「大違いの二人が、こうして夫婦になった。これからもずっと夫婦だ」そう言ってから、彼は立ち上がった。「打ち合わせは一時間で終わる。そのあと二人だけで買い物に行きたいから、ルカのことはジーナに頼んだよ」

二人だけという言葉にフィアは怯《おび》えた。二人でいるあいだ、本心を見せないようにずっと気を張っていなければならない。尊敬されるのはいい。とくに、負けず嫌いのサントのような人に尊敬されるのは。でも、愛していることを悟られて同情されるのはごめんだ。

「ルカも連れていけばいいじゃない。親子三人で出かけましょう」

ジャケットを着る手を止めてサントは言った。「夫婦でロマンティックな時間を過ごすのもたまにはいいかと思ったんだ」

「まあ、そうなの？」なんとか笑うことができた。「そんなことしなくていいのよ。気持ちは嬉《うれ》しいけど、ほんとに、必要ないから」

「いや、必要だ。ウエディングドレスは別にしても、きみにまだ服の一着も買ってあげていない。きみはぼくの妻なんだ。最高にきれいでいてもらわないと」

ああ、そうだったのね。このままのわたしでは、世間体が悪いんだわ。

うかつだった。もっと早くに気づくべきだった。サント・フェラーラの妻になってからも、これまでとまったく変わらない格好をしていた。こんな形で彼に切り出させてしまったのが恥ずかしい。フィアは急いでうなずいた。

「わかったわ。行きましょう」

「一時間後に迎えに来る」サントは前屈《まえかが》みになり、ルカの頭にキスをした。「きみはジーナとお留守番だ。いい子にしているんだよ」

最後にもう一度フィアを見てから、サントはホテルへ向かって大股にテラスを歩み去った。フィアは、絶望的な気分でその後ろ姿を見送った。

「彼がわたしと二人で過ごそうとしているのは、そうしなきゃいけないと考えてるからなのよ。服を買ってくれるのは、わたしを人前に出しても恥ずかしくない奥さんにするため。彼の買い物嫌いはダニエラおばさんから聞いてるわ。つまり、わたしの見た目は少々じゃなくて相当ひどいってことよ」フィアはルカにブリオッシュをひとかけら与えた。「彼とわたしのあいだに、あなた以外の絆がある？　ひとつでもある？」

「せっくす」ルカが甲高い声でそう言ったので、フィアは頭を抱えた。

「すごくいいよ」なんとかしてフィアを喜ばせようと、サントは賞賛の言葉を並べ立てた。しかし、褒めれば褒めるほど彼女の表情は沈んでいく。女性のためにこれほど盛大に買い物をしてこれほど浮かない顔をされるのは初めてだった。自分が何か間違ったことでもしたのだろうかと、サントは懸命に考えをめぐらせた。

ルカを置いてきたのが気に入らないのか？

「あなたはこういうのが好きなの？」鏡に映った自分の姿をフィアは物憂げに見ている。サントは正直なところ、何も着ていないフィアがいちばん好きだったが、いまそれを言って彼女の機嫌がよくなるとは思えない。だから彼は、青いシルクのドレスを熱心に見つめてうなずいた。

「きみによく似合う色だ。それも買おう」

試着室に消えたフィアは、すぐにドレスを手にして戻ってきた。

サントがドレスを受け取り、カードと一緒に店員に手渡す。「今度のファミリーパーティーにぴったりだ」

「パーティー？」

「キアラのバースデーパーティーだよ。二週間後だ。なにしろ、兄は奥さんと娘たちにめろめろだからね。きっと豪勢なパーティーになる」サントはショッピングバッグを全部まとめて片手で持つと、フィアを促して店を出た。「言ってなかったかな？」

「ええ。初めて聞いたわ」急に立ち止まったフィアが、勇んで店へ入ろうとしていた買い物客の一団に押しつぶされそうになった。サントが彼女をぐっと引き寄せてそれを阻止した。

フィアは彼の腕から逃れようとはせず、胸に頭を預けた。

サントは眉根を寄せた。

いつになく気弱さを感じさせる彼女の様子に、彼は不安を覚えた。考えてみれば、こんな形で二人の体が触れ合うのは初めてだった。これまで彼女に対してとってきた態度を思い返し、サントはまた良心の呵責《かしやく》に唇を噛《か》みしめた。とにかく強引な結婚だった。彼女の気持ちを考えなかった。ルカのことしか頭になかった。

フィアの髪の香りと、腕に触れる胸の感触に体が熱くなったが、それにはかまわず、サントは彼女の頭に軽く唇をつけるだけにとどめた。

これからはフィアにもっと心を注ごう。サントは密《ひそ》かにそう誓った。「楽しいパーティーになるぞ」そっと体を離してフィアを見つめる。「うちは、誰かの誕生日となるとみんな大張り切りなんだ。キアラは六歳になる。大量の風船とケーキが登場するだろうな」サントは彼女の手を握ったまま、買ったものを車の後ろへ納めた。「タオルミナにある兄の別荘が会場になるから、ヘリで行こう。金曜の夜の混んだ道を運転するのはかんべんしてほしいからね」

「泊まるの?」

「だめか? じいさんはずいぶん元気になったし、夜は看護師がついてる。日中のことが心配なら、手立てを考えるよ」

「それは心配していないわ。ジーナもいてくれるし」

それでもフィアは気が進まなさそうだった。サントはその理由を探った。「何かにつけて身内が集まって騒ぐのは、きみの負担になるかな?」

「いいえ、ちっとも。すてきな家に生まれて、あなたは幸せね」他人事のようにフィアは言い、サントのほうを見ずにシートベルトを締めた。サントはため息をついた。

「フィア――」

後ろの車のクラクションにさえぎられた。サントは顔をしかめ、足早に運転席側へまわった。「もちろん姉一家も来る。キアラのためにみんなが集まるのをローレルは喜んでる。あの子が家族になってまだ一年だから」

「一年?」

「キアラは養子なんだ。彼女の生い立ちをぼくから言うのはやめておこう。無性に何かを殴りたい気分になるから」サントは車を発進させた。「兄の家へ来た当初は警戒心が強かった。人に優しくされるということに慣れていなかった。兄夫婦もがんばったが、キアラの心の壁を崩したのはエレナだったんだ。おねえちゃんは一人でいたいんだから邪魔しちゃだめなんて大人が二歳児に言っても、通じるわけないだろう? いまや二人は大の仲よしだ。きょうだいはああでないと」

何気なく言ったサントは、フィアの目を何かがよぎるのを見て、自分自身を罵った。どうしてきょうだいの話などしてしまったんだ?

「すまなかった、フィア」サントは腕を伸ばし、彼女の手を自分の手で包み込んだ。「無神経きわまりなかった。許してくれ」

「許すも何もないわ。わたしと兄の仲がよくなかったのは事実だもの。うちの家族同士の関係はあなたのところとは全然違うけど、その手の話は避けなきゃいけないなんて思わないで」

サントが鋭くハンドルを右へ切り、車は横道へ入った。サントは、つないだ手に力を込めた。「ぼくの家族はきみの家族でもあるんだ。きみはもうフェラーラ家の人間になったんじゃないか」

フィアはまっすぐ前を見つめている。「そうね」

彼女がそれを実感できるようになるには、時間が必要なのだろうとサントは思った。みんなで集まる機会を重ねれば、きっとわかるようになる。

「キアラのバースデーケーキ、わたしに作らせてもらえないかしら。もし、ほかで調達する予定がなければ」

「それはすごく喜ばれると思うな」

やがて車は、サント行きつけの小さなレストランの前に止まった。「いい店なんだ。きみのお眼鏡にもかなうはずだよ」

サントが選んだのは、中庭の端に位置する静かなテーブルだった。生い茂る蔓《つる》がちょうどいい日よけになる。厨房《ちゅうぼう》から流れてくるにんにくとスパイスの芳香に、何かがフライパンで焼かれる音や、料理人たちの声がときおり混じる。

本日のおすすめを何品か取って、二人でわけ合った。フィアは、ひとつひとつの料理をじっくりと味わった。途中で、シェフに質問したいことがあると言って厨房へ消えたかと思うと、戻ってくるなり手帳を出して熱心にメモを取っている。

生まれながらの料理人なのだと、サントはあらためて感心した。そんな彼女の様子を見守るのは楽しかった。

「これ、おいしいわね。でも、わたしなら松の実は入れないかな。スパイスももうちょっと控えたほうがいいかも。そのほうが魚の持ち味が生きてくるから。これにグリーンサラダでもつければ、申し分のないヘルシーランチとして〈フェラーラ・ビーチクラブ〉で出せるわね」

「ということは、〈フェラーラ・ビーチクラブ〉のメニューを考えてくれてるのかい?」

「スポーツ好きの若い人たちを狙いましょうよ。栄養バランスのとれた軽めのものに、炭水化物をとるためのパスタが何種類かあるといいわね。カロリーの高くないソースで。それから、魚と野菜をもっとふんだんに使うのよ」手帳にペンを走らせるフィアの姿に、サントは彼女を過小評価していたことをつくづく思い知らされた。

「できれば、〈フェラーラ・グループ〉全体のメニューを見直してもらえないかな?」

フィアの頬がうっすら染まった。「わたしなんかでいいの？」

「もちろんさ。新しいホテルをつくるときは、いつも、フィットネスセンターの設備やスタッフの採用に関してローレルに相談に乗ってもらうんだ」

フィアはペンを置いてフォークを持った。「クリスチアーノとローレルはそれで出会ったの？　彼女、あなたの会社で働いていたの？」

「姉の友だちだったんだ。大学で。その縁でぼくのパーソナルトレーナーになってもらったんだが、兄が彼女をすっかり気に入ってね。あの兄が女性に夢中になるとは意外だった。別れ話で揉《も》めているあいだは、まるで別人みたいだった。もとの鞘《さや》に収まってくれたときには、周りの誰もがほっとしたものだよ。あの二人は本物の愛で結ばれているんだ」

フィアの手が止まった。

彼女はゆっくりとフォークを皿に置いた。

生き生きした表情は影を潜めている。

サントは自分がした話を振り返ってみた。きっとフィアは何か誤解しているのだ。「兄にはもともと離婚する気なんてなかったんだ。あんなにローレルを愛しているんだから」

「すてきな夫婦ね」フィアは青い顔をして椅子に背中を預けた。「おいしいけど、もうおなかいっぱい。ごちそうさま。残してしまってごめんなさい」

「そんなことはかまわないが、ついさっきまであんなに楽しそうだったのに、急に暗い顔になったんだな」彼女がこうなったのは、クリスチアーノの話が出てからだ。そういえば、結婚式での兄はフィアに冷ややかだったらしい。気をつけてくれるよう、本人に釘《くぎ》を刺しておかなければ。

「いまも楽しいわ。ただ、ちょっと疲れたみたい」

フィアを疲れさせたのはこの自分だ。店を出ながらサントは思った。またしても良心がうずく。毎晩、かなりの時間をセックスに費やしている。自分同様、彼女も楽しんでいるものとばかり思っていたが、ひょっとすると彼女は、あれも義務のひとつととらえているのだろうか?

フィアがこの結婚に応じたのは、ルカに対する責任感からだ。いまになって、彼女は後悔しはじめているのではないか?

翌日からサントは、夫としての役割を完璧に果たすべく奮闘した。妻をプレゼント攻めにし、豪華なディナーに誘い、彼女がパリのレストランを話題にすれば、飛行機でそこまで足を伸ばしさえした。しかし、サントがどれほど尽くしてくれても、フィアの気持ちは沈む一方だった。サントがベッドに入ってくるタイミングが日ごとに遅くなり、ようやく隣に横たわっても、妻に触れようとさえしなくなったのだ。

フィアにとって、これは最後通告を突きつけられたも同然だった。

唯一、二人のあいだでうまくいっていたのがセックスだった。それを彼はもう欲していないのだ。サントが一人の女性と長くつき合うタイプでないことは、結婚する前から知っていた。結婚は永続的であるべきだなどと言っておきながら、結局、同じ女性を相手にするのに飽きたのだ。

そうなれば、行き着く先は決まっている。

最初にサントは言った。セックスは自分にとって最も大切なもののひとつだ、と。体の相性が最高だからこの結婚はうまくいくに違いない、と。

サントは愛人をつくるだろう。わたしは、これまで経験したことのないつらさに耐えなければならないに違いない。睡眠を削ってセックスをしていたころよりも眠れなくなるだろう。

フィアは、これまで以上に仕事に熱中した。〈フェラーラ・ビーチクラブ〉では彼女の提案に沿ってテラス席が増やされ、メニューの構成が変わった。予約数が倍増したとサントに聞かされたときには、彼に喜んでもらえたことが嬉しくてならなかった。

ただし、心から安らげるのは、ルカと二人でいるときだけだった。確実にサントが家にいないときを知るために、フィアはわざわざ彼のスケジュールを調べたりもした。

それでもキアラのバースデーパーティーはやってくる。寄り添うクリスチアーノとローレルを目にすれば、自身の結婚の虚《むな》しさを意識せずにいられないのはわかっていた。彼らは愛で結ばれているけれど、わたしとサントはルカで結ばれているのだから。

予定ではパーティーは夕方までに終わり、そのあと大人だけでディナーに出かけることになっていた。不安だけれど、彼の親族と親しくなれるチャンスだと思わなければ。

出発の日、よく似合うとサントに言われた青いドレスを身にまとうと、フィアの気持ちはずいぶん明るくなった。いろいろなことが、思っていたよりもうまくいくような気がしてくる。

どんなときにも非の打ち所がない結婚生活なんて、ないのかもしれない。

サントの仕事量は膨大だ。それでいて毎日、昼間の数時間を家族と過ごすために帰宅するのだから、夜は遅くまで帰ってこられないのは当たり前なのかもしれない。

クリスチアーノの別荘へ行くのにヘリコプターを使ったので、ルカは大喜びだった。夕オルミナの美しい町並みを見下ろす丘の上に大邸宅が立っており、その敷地内にヘリは着陸した。かなたにエトナ山が見え、眼下には地中海のきらめきが広がっている。

「ローレルはどこよりもここが好きなんだ」サントは、ケーキの入った箱を慎重に捧《ささ》げ持つと、フィアを促してテラスへ向かった。「ローレルは施設育ちで、自分の家というものを知らなかった。そんな彼女を喜ばせようと、兄が密かにこの家を買ってプレゼントしたんだ」

「フィア!」ローレルがやってきてフィアの両頬にキスをした。相変わらず、健康的に引きしまった体つきをしている。「よく来てくれたわね。ここは暑いでしょう？　わたしは冷房の効いた部屋で寝転がりたい気分だわ。実はね、お客様があんまり大勢いるものだから、キアラがちょっと緊張気味なの。もうちょっと控えめなパーティーにするべきだったかしら」

「控えめなんていう言葉、フェラーラ家の辞書にあるの？」

ローレルは笑った。「鋭いわね。フェラーラの人たちのにぎやかさにはあなたも圧倒されない？　わたしはそうだったわ。幸い、人は何ごとにも慣れるものよ」

違いは、ローレルには彼女を崇拝する夫がいるという点だ。

「こんなケーキでよかったかしら」フィアが箱の蓋を開くと、ローレルは息をのんだ。

「すごい！　おとぎばなしのお城そのもの！　どうしてこんなのがつくれるの？」

「キアラのお気に入りの玩具《おもちゃ》の写真を送ってもらったでしょう？　あれを参考にしたのよ」

「この妖精たち、魔法の杖《つえ》を持っているわ」感に堪えないといった面持ちでローレルは言った。「ちゃんと羽までついている。この羽は何でできてるの？」

「綿菓子よ。何枚も失敗したけれどね」

サントがしかめ面をしてみせた。「帰ったら、ピンクの塔や妖精の羽をたんまり食べさせられるのか？」それから彼はにやりと笑った。「もう置いてもいいかな？　これを落としたりしたら、どんな目に遭わされるかわからない」

ケーキがテーブルの中央に置かれた。

離れたところから、キアラが目をまん丸にして見ている。

「近くでケーキを見たいけど、恥ずかしいのよ。あなたは知らない人だから」ローレルが言う。

結局、活発なエレナが姉を引っ張ってきた。

「エレナはキアラにべったりなの。自分の部屋があるのに、毎晩キアラのベッドに潜り込むのよ。お姉ちゃんのことが好きで好きでたまらないのね」

キアラのほうもまったく同じなのは、見ていればわかった。感情を表現することに慣れていないだけなのだ。

「この子がわが家で誕生日を迎えるのはまだ二度めなんだけど」ローレルが小声で言う。「去年は、誕生日の意味さえ知らなかったの」

フィアの目に涙があふれそうになった。慌てて瞬《まばた》きをしたが、ローレルには気づかれた。

「ごめんなさい」フィアは気を取り直して言った。「わたしったら、どうしちゃったのかしらね。寝不足かもしれないわ」

「わたしも、キアラがどんなに寂しい日々を送ってきたかと思うと、泣けて泣けてしかたなかったわ。あれもこれも与えたくなるけど、もちろん、この子にいちばん必要なのは愛情と心の安らぎなのよね」

そして、その二つを、いまのキアラは十二分に与えられている。

クリスチアーノがやってきて、娘たちを左右の腕で抱えあげた。「今日、お誕生日を迎えたのはどっちの子かな？」

彼の首にしっかりとしがみついたキアラが、はにかみながら答えた。「あたしよ」

「じゃあ、あっちへ行ってお客様にご挨拶しよう。フェラーラ家のレディらしくね。そのあと、とびきりすてきなケーキを切るんだぞ」

「一緒に来てくれる？」

クリスチアーノの瞳が潤むのがフィアにもわかった。「当たり前じゃないか。わたしはきみのパパなんだから。いつだってきみのそばにいるさ」彼は、フィアに心からの笑顔を向けた。「すばらしいケーキをありがとう。よくここまでのものをつくってくれたね」

にぎやかで幸せな時間が終わり、子どもたちがベッドに入るときがきた。ルカは、キアラ、エレナ、ローザと一緒の部屋で寝たいと言った。

ローレルが、やれやれというように目をくるりとまわした。「うちにはベッドルームが十もあるのに。どうしてひと部屋にぎゅうぎゅうづめになりたがるのかしらね」

「楽しそうじゃない」フィアは、孤独だった自分の子ども時代を思い出してそう言った。

「確かにね。留守中のことは心配しないで。クリスチアーノのおばさんが子どもたちを見ていてくれることになっているから。さあ、わたしたちは出かける支度をしなくちゃ。今夜のお店はクリスチアーノが選んだんだけど、なかなかおいしいの。あなたの意見を聞くのが楽しみだわ。あんなにおいしいケーキのあとだから、わたしは何を食べても感動しないと思うけど」

フィアは嬉しかった。フェラーラ家の一員になった実感が胸にあふれた。

結婚してまだ日が浅いのだし、サントはいろいろと努力してくれている。高望みせずに、いまあるものに感謝しつつわたしも努力を続けよう。フィアはそう思った。まずは、ベッドでの夫婦関係を修復しなくては。最初のころ、サントはあれほど情熱的だったのだ。わたししだいで、あの情熱はきっとまたよみがえる。

青いシルクのドレスは、フィアの体の曲線と脚の形を際立たせてくれた。ローレルのように引きしまった肉体ではないものの、食べるものに気を配り、朝から晩まで動いているせいで、フィアもなかなかのスタイルを保っていた。

細い踵《かかと》のサンダルを履き、バッグを持って、フィアは深呼吸をした。色香でサントをその気にさせようなんて、いままでは考えたこともなかった。初めての試みがこれから始まる。

ノックの音がしてドアが開いた。ローレルとダニエラだった。

ダニエラは小首を傾《かし》げてフィアに見とれた。「これじゃあ、あの子もいちころね」

義姉の言葉を励みに、フィアは彼女たちと一緒にテラスへ下りていった。

サントは向こうを向いている。フィアは胸を高鳴らせながらその広い背中を見つめた。

最初に気づいたのはクリスチアーノだった。三人を平等に称《たた》えながらも、そのまなざしは妻に注がれている。深い愛を目の当たりにして、フィアは羨ましかった。

ダニエラが、褒め言葉を催促するかのようにライモンドの前に立ちはだかると、隣のサントもこちらを向いた。

はっとするほど華やかで端整な立ち姿だった。しかしすぐにフィアは、セクシーな黒い瞳に疲れが滲《にじ》んでいるのに気づいた。

彼も眠れていないのだ。

「ねえ」ダニエラが弟の腕を小突いた。「彼女、すばらしくきれいでしょう？　なんとか言いなさいよ。じゃあ、ヒントをあげるわ。こういうのはどう？　〝ディナーなんかどうでもよくなった。いますぐ二階へ行こう〟とか」

サントは姉に向かってぴしゃりと言った。「よけいなお世話だ」思いがけない反応に明らかに傷ついて、ダニエラは後ずさりした。

フィアはいますぐ二階の子どもたちのところへ行って、一緒にベッドに潜り込みたかった。

サントをその気にさせるなんて、無理だ。

彼はもう、わたしに関心がない。

「行きましょうか」ローレルが早口で言った。「リムジンが待ってるわ。そうそう、フィアにライスコロッケ《アランチーニ》のつくり方を教わらなくちゃ。クリスチアーノの大好物なんだけど、うまくつくれたためしがないの。お義母《かあ》さんはいまだに不思議がっているはずよ。なぜ彼がわたしなんかと結婚したのかって」

なぜなら、彼はあなたを愛しているからよ。フィアは心の中で寂しくつぶやいた。愛はどんな溝も埋めてくれるわ。乾いた土に染みこむ慈雨のように。わたしとサントの溝は深まるばかり。ただでさえ弱い土台に亀裂が入った以上、すべてが崩壊するのは時間の問題だ。

9

「疲れただろう。大勢のなかで気を遣わせたね」翌日、家へ帰り着くとサントがかしこまった言い方をした。

「そんなことないわ。みんないい人たちだし、ルカはこんなに喜んでいるし」フィアは、いとこの話をしつづける息子を見やって、ことさら明るく答えた。

とはいえ、サントの携帯電話が鳴ったときには、安堵《あんど》の吐息をもらしそうになった。ホテルへ行かなければいけなくなった、夜まで帰れそうにない、と言われたときには、さらにほっとした。

「遅くなりそうだから、起きていなくていい」

もちろんそうだろう。もうわたしを抱く気はないのだから。「了解。ルカとプールで遊んで早めにやすむわ」

サントは唇を引き結んだ。歩き出したが、すぐに振り返った。ぼんやりとしたまなざしでこちらを見ている。

「フィア――」

もうだめだと、彼は言おうとしている。離婚を切り出される。そしてわたしは、うろたえる。だって、まだ心の準備ができていないから。

「ルカ、だめだめ！」ルカに駆け寄って、危なくもなんともない玩具《おもちゃ》から引き離す。

ひとしきり息子の世話を焼いていると、やがてルカがフィアの背後に目をやり顔を曇らせた。

「パパ、いっちゃった」

「そうね。行っちゃったわね。残念だわ。ママにも、どうすればいいのかわからない」

「せっくす」高らかに言うルカを、フィアはぎゅっと抱きしめた。

その後は息子をジーナに託して夜更けまで働いた。無駄に大きなベッドが待っているだけの家へ急いで帰る気にもなれず、フィアはふと思いついた。ルカを身ごもった夜以来、近づいていなかった船小屋へ行ってみよう。

長く伸びるフェラーラ家のプライベートビーチを歩いていく。昔は不法侵入をしているようで後ろめたかったが、いまは自分の土地を歩いているのだと、あらためて気づく。

大きな扉は海に直結しているが、陸側から使える出入口が横手についている。フィアはいつも窓から入っていたが、今夜は扉に手をかけた。そして、ためらった。暗い記憶がつまったここに足を踏み入れれば、ますますつらくなるだけかもしれない。けれど、つらいからこそ足がここへ向いたのだ。ここはいつだって、心の避難場所だった。

静かな海に降り注ぐ月明かりのおかげで、あたりがよく見える。

長年、修理もされずに放置されていた小屋だから、怪我《けが》をしないよう気をつけなければ。

そう思いながらドアを押すと、意外なことに軋《きし》みもせずにすんなり開いた。入口近くにえび捕りかごが積み上げられているはずだ。フィアは以前のように、そこに腰を下ろそうとした。

すると、足が何か柔らかいものを踏んだ。床をよく見ようとして腰を屈《かが》めたとき、突然、小屋の中が明るくなった。いつ電気が引かれたのかと驚きながら顔を上げると、無数の豆電球が壁で多彩な光を放っていた。

その美しさに目を奪われながらも、いったいこれはどういうことなのだろうとフィアがいぶかしんでいると、背後で物音がした。

さっと振り向くと、サントが立っていた。「もう少ししてから呼ぼうと思っていたんだ」ジーンズのポケットに親指を引っかけた姿は、理不尽なほど魅力的だった。「完成まであと少しだから」

完成？　周囲を見まわしたフィアは、小屋がすっかり変貌を遂げていることにようやく気づいた。ぼろぼろだった木の床は磨かれ、石油ストーブが据えられ、クッションや毛皮のラグを並べたソファまである。

なんて居心地のよさそうな隠れ家だろう。壁の豆電球のおかげで、物語の中の洞窟に入りこんだ気分になれる。

一歩踏み出したフィアは、また足もとが柔らかいのに気づいた。見下ろすと、それは薔薇《ばら》の花びらだった。花びらの赤い絨毯《じゅうたん》が、ベッドではなく小さなテーブルまで続いている。テーブルの上には、美しく包装された小箱がのっている。

フィアは包みとサントを見比べた。

「開けてごらん」彼は戸口に立ったままだった。目にはためらいの色がある。中へ入ってはいけないとでも思っているような。

「あなたが――」よく見れば、あちらこちらに細やかな心遣いのあとがある。かつてフィアが膝を抱えて海を眺めていた場所には、ロッキングチェアが置かれている。「これを全部やったの？」

「きみがつらそうだったから。つらいとき、きみには一人になれる場所が必要だっただろう？　ぼくから逃げたいと思われるのは不本意だが」

フィアの目に涙があふれた。「わたしたち、なかなかうまくいかないじゃない？」

「ああ。きみに謝らなければならないことが多すぎて、どこから始めればいいのかわからない」

そんな言葉が返ってくるとは思っていなかった。「じゃあ、まずは薔薇の花びらが敷かれているわけを教えて」

「結婚式の夜のことを思い出すと、いまだに恥ずかしくなる。床に這《は》いつくばって薔薇をすくっていたきみの姿は、一生忘れられそうにない。よかれと思ってしたことだったが、きみの気持ちをひどく傷つけた」

「どうして、また同じことをするの？」薔薇はロマンティックなものだとあれほど言ったのに、彼は何もわかっていない。

もう涙は引っ込んでくれなかった。サントはそれを見て小さく何かつぶやくと、大股に近づいてきてフィアを抱きしめた。息ができなくなるほど強く、しっかりと。「頼む、泣かないでくれ。きみを喜ばせたかったんだ。笑ってほしかったんだ。ルカに笑いかけるみたいに、ぼくの前でも笑ってほしかった」

「あなたがわたしのためにいろいろしてくれるのは嬉《うれ》しいけど、もうやめて。惨めになるだけ。離婚するって決まってるんだから」

サントの顔色が変わった。「離婚だって？ 冗談じゃない！ ぼくは同意しないぞ。それ以外のきみの望みならなんでもきこう。きみがぼくを愛していないのは知っている。しかし、だからといって二人が幸せになれないわけじゃない」

「離婚を望んでいるのはあなたでしょう？ それに、わたしはあなたを愛しているわ。だからこんなにつらいんじゃない」ひとりでにあふれる言葉が、岩を穿《うが》つ波のように、フィアが築いた壁を浸食していく。「ずっと昔から、わたしはあなたのことが大好きだったわ。辛抱強く優しくダニエラに泳ぎを教えるあなたが大好きだった。兄がおなじことをわたしにしてくれるのを夢見たけれど、海に引っ張り込まれただけだった。それから、ここに隠れるのを見逃してくれたあなたが大好きだった。そして、二人が結ばれたあの夜、わたしはあなたのことがますます好きになったわ」嗚咽《おえつ》が込み上げて、うまくしゃべれない。「愛する人と、わたしは結婚したのよ。長いあいだ愛しつづけてきた人と」

静寂が満ちた。聞こえるのはサントの荒い呼吸と、船小屋の板壁を叩《たた》く穏やかな波の音だけだった。

「きみが、ぼくを愛している？　しかし……ひどく強引な結婚だった。ぼくはきみに結婚を強いた」

「あのときのあなたがいちばん好きだったわ」フィアはしゃくりあげた。「母はわたしを産んだけど、それさえ、わたしを捨てるのを思いとどまるほどの絆《きずな》にはならなかった。でもあなたは違ったわ。ルカの存在も知らなかったのに、自分の子だという事実だけで十分だった。家族だから、ルカのためにはなんだってしようと思ってくれた。その百分の一でも千分の一でもいいから、わたしも自分の両親に愛されたかった。自分の子のために、あなたは愛してもいない女と結婚までした。それも、ただの女じゃない。バラッキの人間よ」

「そんなことはどうでもいい」サントがフィアの両腕をつかんだ。「ぼくを愛しているというのは、本当なのか？　ルカのためにそう言ってるだけじゃないのか？」

「そうだったらどんなにいいかしら。こんなつらい思いをしなくてすむんだから」

「なぜ、つらいんだ？」

「自分を愛してくれることは絶対にないとわかっている相手を愛しているのよ。つらいわよ」

サントは小さく毒づくと、フィアの顔を両手で包み込んだ。「この数週間、ぼくは懸命にきみを喜ばせようとしてきたじゃないか」

「知っているわ。あなたは本当にいろいろしてくれた。それがつらかったのよ」

「きみの言っていることはめちゃくちゃだ」サントはフィアの体を軽く揺すった。「ぼくがきみを喜ばせようとするのが、どうしてつらいんだ？」

「わたしのためじゃなくて、すべてはルカのためだからよ」

サントの両手がだらりと垂れた。目は呆然《ぼうぜん》とフィアを見つめている。

「どうやら、ぼくたちはお互いに大きな誤解をしていたようだ。ぼくはきみに愛されているとは夢にも思わなかった。そしてきみのほうは、どれほどぼくがきみを愛しているか知らなかったらしい」

フィアの脈が速くなった。彼の手が髪に差し入れられ、ゆっくりと唇が重ねられて、情熱的なキスが始まった。聞き間違いかもしれない。彼に確かめたい。フィアはそう思ったが、こんなに激しいキスはとても久しぶりだったから、中断させたくなかった。

サントがいかにも名残惜しそうに唇を離した。「ぼくが離婚したがってるなんていう思いつきは、いったいどこから出てきたんだ?」

「だって、セックスをしなくなったから」

「強引すぎたと反省したんだ」

「わたしに飽きたんだと思ったわ。もう、わたしは求められていないんだって」

サントはうめき、フィアを強く抱き寄せた。「二人ともばかだった。今日がまた新たな始まりだ」

フィアはぎゅっと目を閉じた。あまりに嬉しくて、すぐには口もきけなかった。「本当にわたしを愛している? ルカのためじゃなく?」

「これにはルカは関係ないよ」唇を触れ合わせるようにしてサントはささやいた。「結婚を無理強いしたからすべてはルカのためだと思わせてしまったかもしれないが、ぼくはきみを愛しているんだ、フィア。仮にルカがいなかったとしても、きみを愛している」

「ルカがいなかったら、わたしたちがふたたび会うことはなかったわ」

「いや、そんなことはない」サントが顔を上げ、フィアの顎を指でなぞった。「きみに会いに行ったとき、ぼくはルカのことを知らなかった。きみとぼくのあいだには強い絆があるんだ。遅かれ早かれ、こうなる運命だった」サントはフィアの後ろへ手を伸ばすと、テーブルの上でひときわ目立っていた箱を取り、さっと包装をはがして蓋を開いた。

フィアは息をのんだ。「それは何?」

「婚約指輪だよ。結婚してもらえるだろうか?」

目眩《めまい》がしそうなほど大きなダイヤモンドだ。「わたしたち、もう結婚してるじゃない。指輪だってはめているわ」

「それは結婚指輪だ。その結婚をぼくは命じた。だが今度は、結婚を申し込む。これからもずっとぼくの妻でいてもらえるかい? 死ぬまでぼくのそばにいてほしいんだ。愛している《ティ・アモ・タンティシモ》よ、フィア」サントはフィアの薬指に結婚指輪に重ねてその指輪をはめた。

「こんなのをつけていたら、二十四時間体制の警備が必要だわ」

「ぼくが常に隣にいるんだから問題はない。ぼくがきみのボディガードだ」

フィアは彼に抱きついた。「夢じゃないかしら。あなたがわたしみたいな女を愛してくれているなんて」

「どうして? きみほど強い心と優しい気持ちを持った女性をぼくは知らない。苦悩の日々を送る中で妊娠を知ったときのきみの気持ちを思うと、いても立ってもいられなくなる。もしも時計の針を戻せるなら、ぼくはかたときもきみを一人にはしないだろう」

「距離を置いたほうがいいとあなたが判断してくれていなければ、きっと祖父の精神状態はもっとひどいことになっていたわ。妊娠して祖父にはとてつもないショックを与えてしまったけれど、ある意味、生き甲斐《がい》をつくってあげられたんだとも思うの」

「ぼくに愛されていないと思い込んだまま結婚するのは、苦しかっただろう」

「ちょっぴりね。だけど正直に言うと、フェラーラ家の一員になるのは子どものころからの夢だったのよ」

「その夢が叶《かな》ったわけだ」サントがフィアの頬を両手でそっとはさんだ。その瞳は強い意志を宿してきらめいている。「きみはフィア・フェラーラだ。これからもずっと」

フィアは笑顔で彼の首に抱きついた。「わたしはサント・フェラーラの妻なのね」

「そう、永遠に」サントが頭を屈め、唇が重ねられた。

●本書は、2013年2月に小社より刊行された作品を文庫化したものです。

結婚という名の悲劇

2023年10月1日発行　第1刷

著　者　サラ・モーガン

訳　者　新井ひろみ（あらい　ひろみ）

発行人　鈴木幸辰

発行所　株式会社ハーパーコリンズ・ジャパン
東京都千代田区大手町1-5-1
03-6269-2883（営業）
0570-008091（読者サービス係）

印刷・製本　中央精版印刷株式会社

定価はカバーに表示してあります。

この書籍の本文は環境対応型の植物油インクを使用して印刷しています。

Printed in Japan © K.K. HarperCollins Japan 2023 ISBN978-4-596-52572-7

9月27日発売

ハーレクイン・シリーズ 10月5日刊

ハーレクイン・ロマンス

愛の激しさを知る

富豪が望んだ双子の天使	ジョス・ウッド／岬　一花 訳
海運王に贈られた白き花嫁 《純潔のシンデレラ》	マヤ・ブレイク／悠木美桜 訳
囚われの結婚 《伝説の名作選》	ヘレン・ビアンチン／久我ひろこ 訳
妻という名の咎人 《伝説の名作選》	アビー・グリーン／山本翔子 訳

ハーレクイン・イマージュ

ピュアな思いに満たされる

午前零時の壁の花	ケイト・ヒューイット／瀬野莉子 訳
婚約は偶然に 《至福の名作選》	ジェシカ・スティール／高橋庸子 訳

ハーレクイン・マスターピース

世界に愛された作家たち
～永久不滅の銘作コレクション～

誘惑の落とし穴 《特選ペニー・ジョーダン》	ペニー・ジョーダン／槙　由子 訳

ハーレクイン・ヒストリカル・スペシャル

華やかなりし時代へ誘う

子爵の身代わり花嫁は羊飼いの娘	エリザベス・ビーコン／長田乃莉子 訳
鷲の男爵と修道院の乙女	サラ・ウエストリー／糸永光子 訳

ハーレクイン・プレゼンツ作家シリーズ別冊

魅惑のテーマが光る極上セレクション

バハマの光と影	ダイアナ・パーマー／姿　絢子 訳

10月12日発売　ハーレクイン・シリーズ 10月20日刊

ハーレクイン・ロマンス　愛の激しさを知る

王子と土曜日だけの日陰妻　ミシェル・スマート／柚野木　菫 訳

ドラゴン伯爵と家政婦の秘密　アニー・ウエスト／小長光弘美 訳
《純潔のシンデレラ》

小さな愛の願い　ベティ・ニールズ／久坂　翠 訳
《伝説の名作選》

新妻を演じる夜　ペニー・ジョーダン／柿原日出子 訳
《伝説の名作選》

ハーレクイン・イマージュ　ピュアな思いに満たされる

灰かぶりとロイヤル・ベビー　ディアン・アンダース／西江璃子 訳

見捨てられた女神　サラ・モーガン／森　香夏子 訳
《至福の名作選》

ハーレクイン・マスターピース　世界に愛された作家たち ～永久不滅の銘作コレクション～

秋冷えのオランダで　ベティ・ニールズ／泉　智子 訳
《ベティ・ニールズ・コレクション》

ハーレクイン・プレゼンツ作家シリーズ別冊　魅惑のテーマが光る極上セレクション

嫌いになれなくて　ダイアナ・パーマー／庭植奈穂子 訳

ハーレクイン・スペシャル・アンソロジー　小さな愛のドラマを花束にして…

あなたの知らない絆　ミシェル・リード他／すなみ　翔他 訳
《スター作家傑作選》

ハーレクイン文庫

「条件つきの結婚」

リン・グレアム／槙　由子　訳

大富豪セザリオの屋敷で働く父が窃盗に関与したと知って赦しを請うたジェシカは、彼から条件つきの結婚を迫られる。「子作りに同意すれば、2年以内に解放してやろう」

「非情なプロポーズ」

キャサリン・スペンサー／春野ひろこ　訳

ステファニーは息子と訪れた避暑地で、10年前に純潔を捧げた元恋人の大富豪マテオと思いがけず再会。実は家族にさえ秘密にしていた――彼が息子の父親であることを！

「ハロー、マイ・ラヴ」

ジェシカ・スティール／田村たつ子　訳

パーティになじめず逃れた寝室で眠り込んだホイットニー。目覚めると隣に肌もあらわな大富豪スローンが！　関係を誤解され婚約破棄となった彼のフィアンセ役を命じられ…。

「涙は真珠のように」

シャロン・サラ／青山　梢　他　訳

癒やしの作家S・サラの豪華短編集！　記憶障害と白昼夢に悩まされるヒロインとイタリア系刑事ヒーローの純愛と、10年前に引き裂かれた若き恋人たちの再会の物語。

「一夜が結んだ絆」

シャロン・ケンドリック／相原ひろみ　訳

婚約者のイタリア大富豪ダンテと身分差を理由に別れたジャスティナ。再会し、互いにこれが最後と情熱を再燃させたところ、妊娠してしまう。彼に告げずに9カ月が過ぎ…。

「言えない秘密」

スーザン・ネーピア／吉本ミキ　訳

人工授精での出産を条件に余命短い老富豪と結婚したジェニファー。夫の死後現れた、彼のセクシーな息子で精子提供者のレイフに子供を奪われることを恐れる。

ハーレクイン文庫

「情熱を知った夜」

キム・ローレンス／田村たつ子　訳

地味な秘書ベスは愛しのボスに別の女性へ贈る婚約指輪を取りに行かされる。折しも弟の結婚に反対のテオが、ベスを美女に仕立てて弟の気を引こうと企て…。

「無邪気なシンデレラ」

ダイアナ・パーマー／片桐ゆか　訳

高校卒業後、病の母と幼い妹を養うため働きづめのサッシー。横暴な店長に襲われかけたところを常連客ジョンに救われてときめくが、彼の正体は手の届かぬ大富豪で…。

「つれない花婿」

ナタリー・リバース／青海まこ　訳

恋人のイタリア大富豪ヴィートに妊娠を告げたとたん、家を追い出されたリリー。１カ月半後に突然現れた彼から傲慢なプロポーズをされる。「すぐに僕と結婚してもらう」

「彼の名は言えない」

サンドラ・マートン／漆原　麗　訳

キャリンが大富豪ラフェと夢の一夜を過ごした翌朝、彼は姿を消した。９カ月後、赤ん坊を産んだ彼女の前にラフェが現れ、子供のための愛なき結婚を要求する！

「過ちの代償」

キャロル・モーティマー／澤木香奈　訳

妹の恋人の父で大富豪のホークに蔑まれながら、傲慢な彼の魅力に抗えず枕を交わしたレオニー。９カ月後、密かに産んだ彼の子を抱く彼女の前に、突然ホークが現れる！

「運命に身を任せて」

ヘレン・ビアンチン／水間　朋　訳

姉の義理の兄、イタリア大富豪ダンテに密かに憧れるテイラー。姉夫婦が急逝し、遺された甥を引き取ると、ダンテが異議を唱え、彼の屋敷に一緒に暮らすよう迫られる。